Martin Ebbertz

Der kleine Herr Jaromir

Martin Ebbertz

Der kleine Herr Jaromir

Mit Bildern von Jens Rassmus

PATMOS

Die Deutsche Bibliothek – CIP-Einheitsaufnahme
Ebbertz, Martin:
Der kleine Herr Jaromir / Martin Ebbertz. –
Düsseldorf: Patmos, 2002
ISBN 3-491-37455-3

Nach der neuen Rechtschreibung

Einband und Innenillustrationen: Jens Rassmus
Druck und Verarbeitung: Clausen & Bosse, Leck
ISBN 3-491-37455-3
www.patmos.de

Herr Jaromir zieht um

Am Morgen stand der kleine Herr Jaromir vor einem großen Haus in der Waldstraße und winkte den Autos zu. Er hielt zwei Parkplätze vor dem Haus frei. Die Autofahrer hupten verärgert und fuhren weiter.

Am Mittag hielt auf den freien Parkplätzen ein Möbelwagen. Die Möbelpacker trugen Schränke, Tische und Regale in das Haus. Auch einen Herd, einen Kühlschrank und jede Menge Kisten.

Am Abend war der Möbelwagen wieder fort.

„Das ging ja alles ziemlich schnell", sagte der kleine Herr Jaromir und trat ins Haus.

Er wohnte jetzt im sechsten Stock. Er fuhr mit dem Aufzug hinauf, aber nicht ganz. Die Knöpfe waren nämlich so weit oben angebracht, dass Herr Jaromir springen musste, um an sie heranzukommen. Er sprang so hoch er konnte und erwischte die Vier. Also fuhr er nur bis zum vierten Stock und zwei Treppen ging er zu Fuß.

„Jetzt wohne ich also hier“, sagte Herr Jaromir. Die neue Wohnung gefiel ihm sehr gut. Aber noch standen überall Kisten herum und die Regale lagen in alle Einzelteile zerlegt auf dem Boden. Fröhlich lief Herr Jaromir immer wieder von der Küche ins Wohnzimmer und vom Wohnzimmer in die Küche. Und er sagte: „Wie schön wird es erst sein, wenn alles an seinem Platz steht!“

Weil es aber gut überlegt sein wollte, wie man die vielen Sachen in der kleinen Wohnung unterbrachte, fing Herr Jaromir nicht sofort mit Auspacken an. Besser ist es, dachte er sich, wenn ich erst einmal ein wenig herumspaziere und mir meine neue Umgebung ansehe.

Der kleine Herr Jaromir spazierte also die Waldstraße entlang. Alle Häuser in dieser Straße sahen genauso aus wie das Haus, in dem Herr Jaromir wohnte. Alle hatten sie zwölf Stockwerke und ein flaches Dach, und sie glichen sich tatsächlich wie ein Ei dem anderen!

Herr Jaromir bog von der Waldstraße in den Kastanienweg. Hier gab es genauso wenig Kastanien, wie es in der Waldstraße Wald gab, und auch hier sahen alle Häuser aus wie das von Herrn Jaromir. Im Ulmenweg und im Lindenweg war es genauso.

„Es ist wirklich erstaunlich", sagte sich Herr Jaromir. Dann hatte er genug gesehen und wollte wieder nach Hause.

Das war eigentlich einfach: Der kleine Herr Jaromir brauchte nur um zwei Ecken zu biegen und schon war er wieder in der Waldstraße.

Dort aber wurde es schwierig. Herr Jaromir stand vor den vielen Häusern der Waldstraße, von denen eins wie das andere aussah. Er las die Hausnummern 325, 327 und 329 und er schlug sich mit der Hand vor den Kopf.

„Es ist aber auch zu dumm!", rief er. „Jetzt habe ich die Hausnummer vergessen!"

Der kleine Herr Jaromir ging von einem Haus zum nächsten und versuchte irgendetwas zu entdecken, an dem er sein eigenes Haus wiedererkennen könnte. Vielleicht gab es ja kleine Unterschiede zwischen den Häusern, die man auf den ersten Blick nicht bemerkte. Herr Jaromir strengte sich an und versuchte sich zu erinnern, aber ihm fiel nichts ein. Alle Häuser hatten zwölf Stockwerke, ein flaches Dach, eine braune Metalltür und links von der

Tür Klingeln und Briefkästen und rechts von der Tür Klingeln und Briefkästen.
„Die Klingelschilder“, sagte Herr Jaromir. „Da muss doch mein Name stehen!“ Aber dann schüttelte er den Kopf. Weil er neu eingezogen war, stand wahrscheinlich noch der Name seines Vorgängers auf dem Schild.
Herr Jaromir grübelte.
Wenn man was nicht weiß, dann muss man jemanden fragen, dachte er.
Zuerst fragte er die Leute, die zufällig vorbeikamen, aber die wohnten alle im Buchenweg oder im Lindenweg und konnten ihm auch nicht weiterhelfen. Dann aber kam aus einem der Häuser eine Frau heraus und ging zu den Mülltonnen. Herr Jaromir lief erfreut auf sie zu.
„Guten Tag. Ist vielleicht in Ihrem Haus jemand neu eingezogen?“
Die Frau zuckte mit den Achseln und sagte: „Keine Ahnung. Hier zieht ständig jemand ein und aus.“
Herr Jaromir ging zu einer Haustür und drückte auf irgendeinen Klingelknopf. Kurz

darauf sah er ein rotes Lämpchen aufleuchten und hörte ein Rauschen aus einem kleinen Lautsprecher.
„Wer ist da?“, fragte eine brummige Stimme.
„Ich bin Herr Jaromir.“
„Wir kaufen nichts“, sagte die Stimme. Das Lämpchen erlosch und das Rauschen hörte auf.
„Ich will doch bloß etwas fragen!“, rief Herr Jaromir, aber niemand antwortete.
Er probierte es woanders. Wieder leuchtete das Lämpchen auf.
„Ja bitte?“, sagte eine Frauenstimme.
„Vielleicht bin ich Ihr neuer Nachbar“, sagte Herr Jaromir.
„Freut mich“, sagte die Stimme.
„Aber ich weiß es nicht genau“, sagte Herr Jaromir.
Kurz war es still, womöglich fiel der Stimme nicht sofort eine Antwort ein. Dann meinte sie: „Vielleicht kommen Sie mal wieder, wenn Sie es genauer wissen.“
Das Lämpchen leuchtete nicht mehr und Herr Jaromir dachte: So finde ich es nie!

Es war inzwischen dunkel geworden. Herr Jaromir ging die Waldstraße entlang und überlegte, wo er die Nacht verbringen könnte. Er entschied sich für die Straßenbahnhaltestelle. Die Schienen der Straßenbahn verliefen genau in der Mitte der Straße, rechts und links davon fuhren die Autos. Es gab eine überdachte Haltestelle und dort ging Herr Jaromir hin. Er setzte sich auf eine Bank aus Metall und dachte: Hier werde ich nicht nass, wenn es regnet.
Zwei Bänke weiter saß ein dicker Mann mit einer Plastiktüte. Er aß Brot und Wurst und trank Wein aus einer großen Korbflasche. Nach einer Weile stand er auf und breitete eine Zeitung auf dem Boden aus. Herr Jaromir sah ihm neugierig zu.

„Noch nie einen Stadtstreicher gesehen?“, sagte der Mann. Er legte sich hin zum Schlafen. „Ich heiße übrigens Gustav, Stadtstreicher Gustav. Ich wohne hier.“
„Schon lange?“, fragte Herr Jaromir.
„Seit zwei Jahren“, antwortete Gustav. „Eigentlich habe ich eine schöne kleine Wohnung.“ Er richtete sich auf und machte eine ausholende Bewegung mit der Hand, sein Finger zeigte auf die andere Straßenseite. „In einem der Häuser dort. Aber ich finde sie nicht wieder.“
„Oh“, sagte Herr Jaromir erschrocken.
Der dicke Mann nickte traurig mit dem Kopf. „Das kommt davon, wenn man nicht aufpasst und sich die Hausnummer nicht merkt.“
Herr Jaromir wollte gerade etwas antworten, da bemerkte er, dass ein Möbelwagen die Waldstraße entlangfuhr. Es war nicht irgendein Möbelwagen, sondern, da gab es keinen Zweifel, genau der Möbelwagen, mit dem Herr Jaromir vor ein paar Stunden umgezogen war. Herr Jaromir sprang auf. Er winkte Gustav zum Abschied zu und lief über die Straße.

Vor dem Haus Nummer 319 hatte der Möbelwagen angehalten und einer der Möbelpacker stieg aus. Er hielt ein zusammengefaltetes Tuch in der Hand.
„Ah, Herr Jaromir, wir haben was für Sie. Hier, das lag noch im Wagen."
Es war eine Tischdecke mit einem bunten Blumenmuster.
„Danke! Das haben Sie gut gemacht!" Herr Jaromir zeigte auf das Haus, vor dem der Möbelwagen stand. „Ich wohne hier, nicht wahr?"
Verblüfft sah ihn der Möbelpacker an. „Natürlich. Sie sind doch heute eingezogen. Oder etwa nicht?"
Der Möbelwagen fuhr wieder fort. Der kleine Herr Jaromir ging ins Haus. Im Aufzug sprang er hoch in die Luft und erwischte Knopf Nummer fünf.

„Prima!“, rief er. „Das klappt ja immer besser!“ Nur eine Treppe musste er laufen, dann war Herr Jaromir in seiner Wohnung. Dort befestigte er das bunte Tischtuch an einem Besenstiel und hängte es aus dem Fenster hinaus. Wie eine lustige Fahne flatterte es im Wind und schon von weitem konnte man daran erkennen: Hier wohnt Herr Jaromir.

Der Mann mit dem grünen Hut

Eines Tages bemerkte der kleine Herr Jaromir ein großes Schild, auf dem stand: „SUPER! Der supergroße Supermarkt!“ Das traf sich gut, denn er musste ohnehin einkaufen gehen. Bestimmt würde er alles, was er brauchte, in diesem Geschäft finden.

Am Eingang nahm sich Herr Jaromir einen Einkaufswagen. Der war so groß, dass man aufpassen musste, damit man beim Schieben durch die Regalreihen nirgends anstieß. Herr Jaromir fuhr schon an der ersten Ecke einer Frau in die Hacken.

„Entschuldigung!“, sagte er.

Die Frau sah ihn grimmig an.

Aus Lautsprechern erklang eine sanfte Musik, die manchmal von einer freundlichen Frauenstimme unterbrochen wurde.

„Verehrte Kunden, wie wär’s heute mit Ravioli?“, sagte die Stimme. „Sieben Büchsen zum Preis von sechs! Superbillig!“

„Das ist ja wirklich superbillig“, sagte Herr

Jaromir. Er hatte keine Arbeit und musste mit wenig Geld auskommen. Deshalb achtete er besonders auf billige Angebote.
Und schon entdeckte er einen Stapel Raviolibüchsen und warf sieben in seinen Wagen.
Er ging weiter an den Regalreihen entlang und nahm alles heraus, was ihm nützlich erschien. Unter anderem jede Menge Reis, vier Tüten Nudeln, zwei Gläser Bockwürste. Viele Dinge, an die er gar nicht gedacht hatte, fand er sofort, zum Beispiel Zahnstocher, Haferflocken und Sesampaste. Herr Jaromir hatte noch nie in seinem Leben Sesampaste gegessen. Nun war er sehr neugierig und er nahm gleich welche mit zum Probieren. Drei Gläser zum Preis von zweien, superbillig!
Nach anderen Sachen jedoch musste er lange suchen. Die Eier zum Beispiel waren so gut hinter dem Brotstand versteckt, dass Herr Jaromir dreimal an ihnen vorbeilief, ohne sie zu bemerken. Die Fischstäbchen lagen so hoch im Kühlregal, dass der kleine Herr Jaromir sie erst gar nicht sah und dann jemand bitten musste, ihm welche herunterzuholen.

Und die Butter! Wo war denn nur die Butter? Herr Jaromir suchte beim Joghurt und bei der Milch, aber von Butter keine Spur. Er stellte seinen Einkaufswagen in der Nähe der Milch ab und sah sich nach jemand um, den er fragen konnte.
In der Nähe der Gemüseabteilung entdeckte Herr Jaromir einen Mann im grünweißen Kittel, offensichtlich ein Verkäufer.
„Wo ist die Butter?", fragte der kleine Herr Jaromir.
„Beim Käse", sagte der Mann.
„Ach so", sagte Herr Jaromir.
Jetzt suchte er nach dem Käse, aber den fand er auch nicht.
Als er wieder einen Verkäufer sah, fragte Herr Jaromir: „Wo ist der Käse?"
„Bei der Butter", sagte der Verkäufer.
„Das hätte ich mir denken können", sagte Herr Jaromir. Der Verkäufer wollte schon weitergehen, aber da rief Herr Jaromir ihm nach: „Und die Butter? Wo ist die Butter?"
Der Verkäufer blieb noch einmal stehen und zeigte die richtige Richtung.

Man kann sich vorstellen, dass Herr Jaromirs Einkauf auf diese Weise lange dauerte. Aber er blieb geduldig, denn es war eine Freude zu beobachten, wie sein Einkaufswagen sich zusehends füllte.

Auf einmal aber sah Herr Jaromir etwas Merkwürdiges. Er hatte gerade seinen Einkaufswagen beim Milchregal abgestellt und suchte neben den Mehltüten nach Würfelzucker, da bemerkte er einen Mann mit einem grünen Hut und einer Feder daran. Er hatte buschige

Augenbrauen und einen schwarzen Bart mit langen Spitzen.
Der Mann sah schon merkwürdig aus. Aber das Merkwürdigste war: In seinem Einkaufswagen hatte er genau die Sachen liegen, die auch Herr Jaromir gekauft hatte!
So ein Zufall, dachte Herr Jaromir verwundert.
Dann fand er den Würfelzucker und ging zum Milchregal, um seinen eigenen Wagen zu holen. Doch der war fort.
„Das gibt es doch nicht!", rief Herr Jaromir. „Der Mann hat meinen Wagen genommen!"
Suchend sah sich Herr Jaromir um, er rannte durch den Supermarkt. Der Mann mit dem grünen Hut stand schon an der Kasse und er war eben dabei, Herrn Jaromirs Sachen auf das Band zu legen.
„Halt!", rief Herr Jaromir. „Das ist mein Wagen!"
Der Mann kümmerte sich nicht darum.
„Haltet den Dieb!", rief der kleine Herr Jaromir zu einem Verkäufer.
Der sah zur Kasse und lachte.

„Den kennen wir schon“, sagte er. „Das ist der Einkaufswagenräuber. Der kommt fast jeden Tag hierher. Weil es ihm zu umständlich ist, sich selbst die Sachen zu suchen, nimmt er einfach einen vollen Wagen, der irgendwo herumsteht.“

„Und warum helfen Sie mir nicht?“, fragte Herr Jaromir. „Warum halten Sie ihn nicht fest?“

„Wir können da nichts machen“, sagte der Verkäufer. „Der Mann bezahlt alles, was er kauft. Also ist er kein Dieb. Tut mir Leid.“

Der Einkaufswagenräuber verschwand mit Herrn Jaromirs Sachen und Herrn Jaromir blieb nichts anderes übrig, als mit seinem Einkauf von vorne zu beginnen. Er ging zurück zum Eingang, holte sich einen neuen, leeren Einkaufswagen und füllte ihn.

Man könnte glauben, dass es diesmal etwas schneller ging, aber so war es nicht. Nur die Dinge, nach denen er beim ersten Mal lange gesucht hatte, die fand er jetzt sofort. Aber die Sachen, die er zufällig gefunden hatte – nach denen musste er jetzt lange suchen.

Wo waren die Haferflocken? Der Reis? Die Bockwürste? Und wo um Himmels willen hatte Herr Jaromir die Sesampaste entdeckt? Er war doch so gespannt, wie die wohl schmeckte, und nun fand er sie nicht wieder.

Herr Jaromir fragte einen Verkäufer, aber der sagte: „Sesampaste? Die führen wir nicht."

„Der kennt sich nicht aus", schimpfte Herr Jaromir leise vor sich hin, denn er wusste ja ganz sicher, dass es in diesem Supermarkt Sesampaste gab.

Im selben Augenblick wurde die Musik wieder unterbrochen und die freundliche Frauenstimme tönte aus allen Lautsprechern: „Jetzt im Angebot: köstliche Sesampaste. Greifen Sie zu! Drei Gläser zum Preis von zweien. Superbillig."

„Haben Sie es gehört!", rief Herr Jaromir dem Verkäufer nach. „Hier gibt es Sesampaste! Aber wo?"

Der Verkäufer kümmerte sich nicht darum und ging einfach weiter.

Nach einer Weile hörte die Musik ganz auf.

„Verehrte Kunden, in zehn Minuten schließen

wir“, sagte die freundliche Frauenstimme. „Bitte begeben Sie sich zu einer unserer Kassen.“
Herr Jaromir brach die Suche ab. Kurz vor der Kasse jedoch sah er einen gut gefüllten Einkaufswagen und ganz oben auf all den Sachen lag sie: eine Packung mit drei Gläsern Sesampaste zum Preis von zweien!
Herr Jaromir blickte sich um. Der Besitzer des Einkaufswagens war anscheinend weit entfernt, der Wagen unbewacht. Mit einem schnellen Griff nahm Herr Jaromir die Sesampaste heraus und legte sie in seinen eigenen Wagen.
Ein Dieb bin ich nicht, dachte Herr Jaromir auf dem Weg zur Kasse. Ich werde ja alles bezahlen. Aber ein bisschen hatte er doch ein schlechtes Gewissen, als er seine Einkäufe auf das Band legte. Und beim Bezahlen erschrak er sehr: Einzeln waren die Sachen superbillig gewesen, alles zusammen jedoch war fürchterlich teuer!
Zu Hause probierte Herr Jaromir die Sesampaste auf dreierlei Weise: Er schmierte sich damit ein Brot, er tat sich ein wenig in den Joghurt und einen Löffel verrührte er im Tee.

Es roch gut, ein wunderbarer Nussgeruch, fand Herr Jaromir.
Aber es schmeckte ihm nicht, weder auf dem Brot noch im Joghurt und schon gar nicht im Tee.
„Schmeckt wie Sägemehl!“, schimpfte er. „Und davon habe ich jetzt drei Gläser.“

Aber dann hatte Herr Jaromir eine gute Idee. Das Fenster im Badezimmer war undicht, es zog kalt herein. Also nahm Herr Jaromir die Sesampaste und schmierte sie in alle Ritzen und Lücken.

Herr Jaromir rettet eine Puppe

Es hatte lange nicht geregnet. Der kleine Herr Jaromir probierte den Geschmack der Luft. Er stand am Straßenrand und kaute – mit nichts anderem im Mund als Luft, die staubig und trocken schmeckte. Er streckte die Zunge hinaus, sie fühlte sich pelzig an.

Da plötzlich bemerkte er auf der Straßenseite gegenüber ein Kind, das von seiner Mutter in einem Sportwagen geschoben wurde. Die Straße war breit, das Kind weit entfernt, aber eins war doch zu erkennen: Das Kind streckte ebenfalls die Zunge heraus. Vermutlich machte es ihn nach. Schnell zog Herr Jaromir seine Zunge zurück in den Mund.

Herr Jaromir beobachtete, wie die Frau mit dem Kind die Straße zu überqueren versuchte.

Sie blieb eine Weile an der Bordsteinkante stehen, denn es war sehr viel Verkehr, und Herr Jaromir dachte: Warum versucht sie es hier? Fünfzig Meter weiter gibt es eine Fußgängerampel. Aber dann bemerkte ein freundlicher Autofahrer die Frau mit dem Kinderwagen. Er hielt an und sie konnte bis zur Mitte der Straße gehen. Dort wartete sie genau auf den Schienen der Straßenbahn.
„Ziemlich leichtsinnig!", sagte Herr Jaromir leise zu sich selbst. „Und wenn jetzt die Straßenbahn käme? Was wäre dann?" Aber die Straßenbahn kam nicht und wenig später hielt wieder ein Auto an, sodass die Frau zum Bürgersteig auf Herrn Jaromirs Straßenseite gelangte. Das war nicht ungefährlich, dachte Herr Jaromir.
Er wollte schon weitergehen, als ihm etwas auffiel: Mitten auf der Straße, genau zwischen den Schienen, war ein roter Fleck. Herr Jaromir kniff die Augen zusammen. Es war eine Puppe.
Eine Puppe mit blondem Haar und mit einem roten Kleid.

Die Autos rasten rechts und links an ihr vorbei.
„Warten Sie!“, rief Herr Jaromir der Frau nach. „Das Kind hat seine Puppe verloren!“
Die Frau drehte sich um und Herr Jaromir zeigte auf den roten Fleck auf der Straße. Die Frau begriff zuerst nicht, was er meinte, aber dann begann das Mädchen im Sportwagen zu brüllen.
„Meine Puppe! Meine Puppe ist weg!“, schrie es in einem fort. Das verstand die Frau.
„Warum passt du nicht auf“, schimpfte sie. „Ausgerechnet heute. Wir sind ohnehin schon spät dran.“
Der kleine Herr Jaromir zögerte nicht.
„Warten Sie einen Augenblick“, sagte er. „Ich werde die Puppe holen. Das dauert nur eine Sekunde.“
Aber er hatte zu viel versprochen. Die Autos fuhren schnell und dicht hintereinander, es war unmöglich, die Straße zu überqueren.
Während Herr Jaromir am Straßenrand auf eine Lücke zwischen den Autos wartete, sah die Frau nervös auf die Uhr.

„Ich muss das Kind in den Kindergarten bringen", sagte sie. „Ich sollte schon längst im Büro sein."
„Aber ich will meine Puppe haben", schrie das Mädchen.
Herr Jaromir dachte nach.
„Sie könnten den Kinderwagen dicht an den Straßenrand schieben", schlug er vor. „Manche Autofahrer halten an, wenn jemand mit Kinderwagen über die Straße will."
Die Frau versuchte es, aber niemand kümmerte sich darum.
Das Kind schrie, die Frau schob ungeduldig den Sportwagen vor und zurück. Sie sah immer wieder auf die Uhr und schließlich meinte sie: „Nichts zu machen. Wir müssen weiter."
„Gehen Sie ruhig", sagte Herr Jaromir. „Ich versuche es noch einmal. Vielleicht geben Sie mir Ihre Anschrift."
Die Frau riss einen Zettel aus ihrem Notizbuch, schrieb schnell ihren Namen und die Anschrift darauf und drückte ihn Herrn Jaromir in die Hand. Dann ging sie mit raschen Schritten fort. Sie schob den Sportwagen mit

dem schreienden Mädchen darin wie einen Schneepflug mitten durch eine Gruppe Schüler, die ihr entgegenkam.

Herr Jaromir jedoch blieb stehen. Er machte den Autofahrern Zeichen, damit sie anhielten. Er streckte ihnen die Handfläche entgegen, er winkte, er zeigte auf die Puppe in der Straßenmitte – aber es nützte alles nichts. Anscheinend hatten sämtliche Autofahrer es sehr eilig

an diesem Morgen, jedenfalls raste ein Auto nach dem anderen vorbei, ohne den kleinen Herrn Jaromir zu beachten.
Schließlich wusste er sich keinen Rat mehr – da war wohl wirklich nichts zu machen. Und dann hörte er ein Klingeln. Das kam von der Straßenbahn, die sich mit großer Geschwindigkeit näherte und auf die Puppe zufuhr. Herr Jaromir schloss entsetzt die Augen, denn er wollte nicht sehen, was nun geschah.
Als er die Augen wieder öffnete, war eigentlich nichts geschehen. Die Puppe befand sich an derselben Stelle wie vorher und offensichtlich war sie unversehrt. Sie hatte zum Glück so zwischen den Gleisen gelegen, dass die Räder der Straßenbahn sie nicht einmal berührt hatten.
Herr Jaromir atmete erleichtert auf. Wenigstens war die Puppe fürs Erste nicht in Gefahr, für ihre Rettung blieb noch ein wenig Zeit. Er beschloss, es am späten Abend zu versuchen, wenn der Verkehr etwas nachließ.
Herr Jaromir verbrachte den Tag mit allerlei Dingen. Er fragte an verschiedenen Stellen, ob es Arbeit für ihn gebe, er kaufte ein, er

kochte Ravioli, er hielt einen Mittagsschlaf, er ging spazieren – und doch schien es ewig zu dauern, bis endlich das gleichzeitige Aufleuchten von Straßenlaternen und Neonreklamen den Abend ankündigte.

Herr Jaromir suchte wieder die Stelle auf, wo die Puppe auf ihre Bergung wartete. Es war jedoch immer noch zu viel Verkehr, um hier die Straße zu überqueren. Herr Jaromir musste noch ein wenig abwarten. Er ging zur Straßenbahnhaltestelle, weil es da Bänke gab.

An der Haltestelle breitete gerade der Stadtstreicher Gustav seine Zeitungen auf dem Boden aus, um darauf zu schlafen.

„Wie geht's?", fragte Gustav.

„Ich muss eine Puppe retten", sagte Herr Jaromir und erklärte Gustav, wie es dazu gekommen war. „Und jetzt will ich hier warten, bis weniger Verkehr ist."

„Das kann dauern", sagte Gustav. „Heute ist Freitag. Da ist sogar mitten in der Nacht einiges los hier." Weil er an der Straßenbahnhaltestelle wohnte, wusste er ziemlich gut Bescheid.

Herr Jaromir legte sich auf eine Bank.

„Ich will es trotzdem versuchen“, sagte er.
„Viel Glück“, sagte Gustav. Er trank einen Schlummertrunk aus einer großen Korbflasche, dann deckte er sich mit ein paar Zeitungen zu und wünschte eine gute Nacht. Kurze Zeit später schnarchte er.
Auch Herr Jaromir versuchte ein wenig zu schlafen. Merkwürdig, dass ich vorher nie auf die Idee gekommen bin, eine warme Sommernacht im Freien zu verbringen, dachte er und schloss die Augen. Jetzt hörte er den Lärm der Autos deutlicher als vorher. Ganz in der Nähe musste ein kleines Schlagloch sein oder ein Kanaldeckel, immer wenn ein Auto darüber fuhr, machte es „Pratt“.
Ein Auto nach dem anderen fuhr über die unebene Stelle.
„Pratt! Pratt! Pratt!“
Herr Jaromir atmete tief ein und aus. Die Luft war noch warm und sie roch nach – wonach eigentlich? Herr Jaromir rümpfte die Nase und überlegte. Dann fiel es ihm ein: Es roch genauso, wie wenn man die Nase in einen Mülleimer steckte. Das war kein Wunder, denn

direkt neben der Bank, an der Seite, wo sich Herr Jaromirs Kopf befand, war ein überquellender Abfalleimer.

Herr Jaromir legte sich andersherum auf die Bank, aber nun schwebte eine Lampe direkt über ihm. Ein großer Schwarm Mücken schwirrte um das Licht. Er sah genau in das Licht, und sogar wenn er die Augen schloss, störte es ihn. Als Herr Jaromir dann doch einnickte, weckte ihn das Quietschen einer Straßenbahn, die anhielt und nach kurzer Pause weiterfuhr.

Herr Jaromir sah auf die Uhr. Es war schon nach Mitternacht. „Pratt! Pratt! Pratt!", machten die Autos. Gustav hatte Recht gehabt, auf der Straße war immer noch so viel Verkehr, dass es kaum möglich war, sie an einer Stelle zu überqueren, wo keine Ampel war. „Pratt! Pratt! Pratt!"

Auf einmal kam Herrn Jaromir eine Idee. Er befand sich ja schon mitten auf der Straße! Er brauchte bloß rund fünfzig Meter über die Straßenbahnschienen zu laufen und schon war er bei der Puppe! Aber natürlich war das

zu gefährlich, denn jederzeit konnte eine Straßenbahn kommen.
Und doch! Herr Jaromir sprang von der Bank. Vielleicht gab es eine Möglichkeit. Herr Jaromir beugte sich hinunter und stupste den schlafenden Gustav an. Der drehte sich um und knurrte vor sich hin.
„He, Gustav“, sagte Herr Jaromir.
Noch einmal brummte Gustav, dann schlug er die Augen auf und sagte: „Kann man denn nicht mal in Ruhe schlafen?“
„Ich bin’s“, sagte Herr Jaromir. „Ich bräuchte eine Auskunft.“
„Eine Auskunft“, wiederholte Gustav teilnahmslos und drehte sich wieder auf die andere Seite.
„Wann fährt die letzte Straßenbahn?“, fragte Herr Jaromir. „Die Tafel mit dem Fahrplan hängt so hoch, dass ich sie nicht lesen kann.“
„Um ein Uhr fünfzehn“, sagte Gustav ohne zu zögern. Solche Fragen konnte er tatsächlich sogar im Schlaf beantworten.
„Das war schon alles, vielen Dank“, sagte Herr Jaromir. „Sie können weiterschlafen.“

Das ließ sich Gustav nicht zweimal sagen, sofort klappten seine Augen zu.

Um ein Uhr vierzehn traf die letzte Straßenbahn ein. Um ein Uhr fünfzehn, pünktlich auf die Sekunde, fuhr sie ab. Sofort ging Herr Jaromir den Schienen nach. Er erreichte die Puppe, die völlig unversehrt zwischen den Gleisen lag. Herr Jaromir hob sie auf. Er klopfte den Staub aus dem roten Kleid und streichelte das blonde Puppenhaar.

„Das war ein schlimmer Tag für dich“, flüsterte er. „Aber jetzt bist du gerettet.“

Der kleine Herr Jaromir ging nicht nach Hause, sondern er legte sich wieder auf die Bank an der Straßenbahnhaltestelle. Er dachte daran, wie stickig seine Wohnung in warmen Nächten war. Und wo er schon die halbe Nacht im Freien verbracht hatte, konnte er ebenso gut hier bleiben und sich am Morgen von der Sonne wecken lassen. Die Puppe hielt er fest im Arm, er sah hinauf zu der Lampe mit dem Mückenschwarm und bald verwandelte sie sich in seinen Träumen in einen Mond mit funkelnden Sternen drumherum.

Am nächsten Morgen allerdings wurde Herr Jaromir, lange bevor über den hohen Häusern die Sonne aufging, von einem fürchterlichen Jucken im Gesicht und am Hals geweckt, denn in Wirklichkeit waren die Sterne eben doch Mücken gewesen.
Auf dem Weg in seine Wohnung begegnete Herr Jaromir der Frau, die ihr Kind in den Kindergarten brachte.

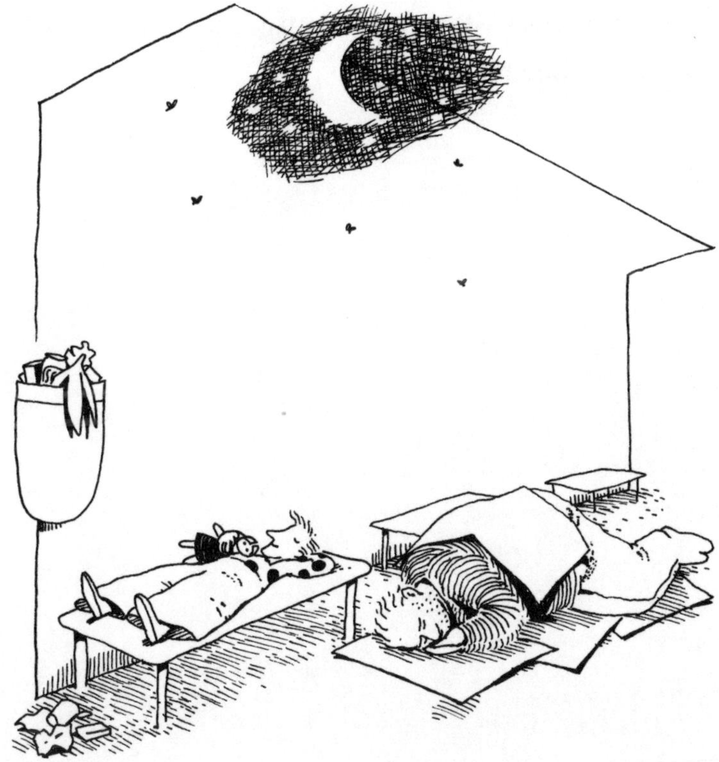

„Das trifft sich gut“, sagte Herr Jaromir und setzte die Puppe zu dem Kind in den Sportwagen.
„Vielen Dank“, sagte die Mutter. „Ich hoffe, es hat keine zu großen Umstände gemacht.“
„Aber nein“, sagte Herr Jaromir.
Das Mädchen drückte die Puppe an sich. Die Mutter schob den Wagen weiter.
„Wir müssen gehen!“
Das Mädchen drehte sich um und zeigte seine Zunge, Herr Jaromir machte es nach. Und so, mit herausgestreckter Zunge, blieb er noch eine Weile stehen.

Super-Tomaten-Fix

Der kleine Herr Jaromir liebte das Grün der Wiesen und Wälder und so plante er, auf seinem Fensterbrett einige Blumen und Kräuter anzupflanzen. Eines Tages ging er in den Supermarkt, um eine Kiste Sprudelwasser zu kaufen. Da entdeckte er kurz vor der Kasse ein Schild: „Zur Gartenabteilung“, stand darauf und darunter war ein dicker grüner Pfeil gemalt.

„Sogar das gibt es hier“, sagte Herr Jaromir erstaunt. „Dass ich es noch nie bemerkt habe ...“

Am Eingang der Gartenabteilung standen ein paar Pflanzen, die waren doppelt so groß wie Herr Jaromir. Sie hatten lila Blüten und waren wunderschön. So was hätte Herrn Jaromir

schon gefallen, aber er suchte nach den Samen einer mittelgroßen Blume, die einigermaßen auf das Fensterbrett passte.
Die Samen wurden in kleinen Tüten mit farbigen Bildern verkauft. Darauf konnte man erkennen, wie die Blumen später aussehen würden. Es gab alle möglichen Formen und Farben: blaue Blüten, gelbe und rote, große und kleine, runde und längliche, gerippte, gezackte und gestreifte. Herr Jaromir nahm hier eine Tüte heraus, legte sie wieder hin, griff zu einer anderen, legte auch die wieder zurück, betrachtete eine dritte – er konnte sich nicht entscheiden.
Dann aber fiel sein Blick auf eine Abbildung von leuchtend roten Tomaten. Sofort hatte er riesige Lust auf Tomaten.
„Das ist das Richtige!", rief er aus. „Man hat eine schöne Pflanze und außerdem kann man später seine eigenen Tomaten ernten!"
Herr Jaromir las sich die Gebrauchsanweisung auf der Tüte durch und fand, dass es nicht schwierig klang. „Super-Tomaten-Samen", stand auf der Packung. „Spezialzüch-

tung für Gegenden mit wenig Sonne. Einfach einsäen und abwarten!“

Ganz so einfach war es natürlich doch nicht. Herr Jaromir brauchte noch verschiedene Dinge. Er kaufte vier kleine Tüten Blumenerde, eine Gießkanne und eine Flasche „Super-Tomaten-Fix – der Spezialdünger für Tomaten und Gemüse“.

Dann brachte Herr Jaromir seine Einkäufe nach Hause. Wenn er viel zu tragen hatte, machte er das immer so: Er schob den Einkaufswagen bis vor sein Haus, räumte alles aus und trug die Sachen hoch, dann brachte er den Einkaufswagen zurück in den Supermarkt.

So auch diesmal, aber wegen der Kiste Sprudelwasser war es nicht ganz einfach. Der kleine Herr Jaromir konnte nicht die ganze Kiste Sprudel auf einmal tragen, sie war ihm zu schwer. Deshalb räumte er erst alle Flaschen aus. Dann stellte er die leere Kiste im Aufzug so in die offene Tür, dass die Tür nicht wieder zuging und der Aufzug stehen blieb. Anschließend holte er die Flaschen, immer zwei auf einmal, und füllte die Kiste wieder auf. Danach trug er die Blumenerde, eine Tüte nach der anderen, dann die Gießkanne, den Dünger und die Tomatensamen. Schließlich schob er die Kiste Sprudelwasser ganz in den Aufzug hinein und die Fahrt konnte beginnen.

Im Aufzug sprang Herr Jaromir so gut er konnte, um möglichst nah an den Knopf für den sechsten Stock zu gelangen. Er erwischte bloß Knopf Nummer drei.

„Die Kiste Sprudel stand mir im Weg“, sagte sich Herr Jaromir. „Sonst hätte ich es wenigstens bis in den fünften Stock geschafft.“

Dann kam ihm ein guter Gedanke – er schob die Kiste Sprudel an die Wand, stellte sich drauf und kam so an Knopf Nummer sechs heran.

„Volltreffer!“, rief Herr Jaromir. „Zum ersten Mal fahre ich mit dem Aufzug in den sechsten Stock und muss keine einzige Treppenstufe hochgehen!“

Der Aufzug setzte sich in Bewegung und Herr Jaromir beobachtete zufrieden, wie die Nummern der Stockwerke nacheinander aufleuch-

teten. Eins, zwei, drei – der Aufzug hielt an, die Tür ging auf und wieder zu, der Aufzug fuhr weiter, vier, fünf – und dann plötzlich leuchtete nichts mehr. Zwischen dem fünften und dem sechsten Stock blieb der Aufzug stehen.
„Was ist denn das?“, sagte Herr Jaromir verwundert. „Das ist ja noch nie passiert.“
Er blieb ganz ruhig und betrachtete die Knöpfe und Schilder. Da war ein Knopf, neben dem stand: „Türöffner. Nur im Notfall betätigen.“ Herr Jaromir fand, dass nun ein Notfall war, und drückte auf den Knopf. Es tat sich nichts. Neben einem anderen Knopf stand: „Notruf“. Auf den Knopf drückte Herr Jaromir ebenfalls. Es tutete wie in einem Telefon. Anscheinend war der Notruf direkt mit dem Telefon des Hausmeisters verbunden. Sehr praktisch, fand Herr Jaromir. Nach einigem Tuten knackte es und es meldete sich die Stimme des Hausmeisters: „Hier spricht der automatische Anrufbeantworter von Hausmeister Eberlein. Ich bin zurzeit in Urlaub. Sie können mir aber eine Nachricht hinterlassen. Bitte sprechen Sie nach dem Piepton.“

Herr Jaromir wartete auf den Piepton und sagte: „Können Sie bitte mal nach dem Aufzug sehen. Er funktioniert nicht mehr."
Er setzte sich auf die Kiste Sprudel und dachte nach. Wenn der Hausmeister in Urlaub war, dann konnte es noch eine Weile dauern, bis er befreit wurde. Wenigstens hatte er eine Kiste Sprudel dabei. Verdursten würde er so schnell nicht. Er sah nach oben. Und immerhin gab es Licht. Eine Neonröhre leuchtete hell von der Decke.
Herr Jaromir betrachtete seine Einkäufe. Wenn er gerade zufällig einen Fernseher gekauft hätte, dann könnte er jetzt fernsehen. Herr Jaromir merkte, dass er Hunger hatte. Hätte er doch ein Brot gekauft! Er nahm eine Flasche aus der Kiste und trank einen großen Schluck Sprudelwasser. Dann klopfte er gegen die Wand des Aufzugs und rief um Hilfe.

Nach einigen Stunden saß Herr Jaromir immer noch im Aufzug. Er sah auf die Uhr. Draußen müsste es allmählich dunkel werden, aber im Aufzug war es immer gleich hell. Sein

Hunger wurde größer. Herr Jaromir öffnete die Tüte mit den Tomatensamen. Der Inhalt sah aus wie gewöhnliche Tomatenkerne, sie wirkten nur etwas eingetrocknet. Die könnte ich glatt aufessen, dachte Herr Jaromir. Aber satt würde ich davon nicht.
Er las die Aufschrift auf der Samentüte. „Spezialzüchtung für Gegenden mit wenig Sonne." Und da rief er: „Ich hab's! Das ist die Lösung! Wenn es irgendwo wenig Sonne gibt, dann hier in diesem Aufzug!"
Herr Jaromir zögerte keinen Augenblick. Sofort verteilte er die gesamte Blumenerde auf dem Boden und drückte in gleichmäßigen Abständen die Tomatenkerne hinein. Nur eine Ecke im Aufzug ließ er frei, damit er dort sitzen und warten konnte. Dann nahm Herr Jaromir die Flasche mit Super-Tomaten-Fix, dem Spezialdünger für Tomaten und Gemüse. Außen auf der Flasche stand, dass man eine Deckelkappe Dünger pro Liter Wasser brauchte. Aber Herr Jaromir dachte sich, dass in diesem besonderen Fall etwas mehr erforderlich sei, und er kippte gleich den Inhalt der ganzen

Flasche auf die Blumenerde. Schließlich goss er seine Tomatensamen noch mit einer Flasche Sprudel.
„So! Jetzt wollen wir mal sehen", sagte Herr Jaromir. „Wenn das nichts wird..."
Es wurde etwas. Schon nach wenigen Stunden sprossen kleine, grüne, runde Blätter aus der Erde. Etwa nach einem halben Tag wurden Stängel mit zackigen Blättern daraus. Herr Jaromir begoss sie fleißig mit Sprudelwasser. Die Stängel wurden dicker und länger und die Blätter immer größer. Ungefähr am Morgen des zweiten Tages entdeckte Herr Jaromir die ersten kleinen gelben Blüten. Am Mittag waren es Hunderte und die Sträucher waren größer als Herr Jaromir. Am Abend verwandelten sich die Blüten in grüne Bällchen. Herr Jaromir goss Sprudelwasser über die Erde. Und als Herr Jaromir am nächsten Morgen aufwachte, konnte er sein Glück kaum fassen: Die Sträucher trugen kleine, grüne Tomaten.
„Ist das nicht wunderbar?", rief Herr Jaromir voller Freude. „Wie schön ist es zu säen, etwas wachsen zu sehen und es dann zu ernten!"

Voller Mitleid dachte er an die vielen Menschen in der großen Stadt, die dieses glückliche Gefühl nicht kannten.
Während Herr Jaromir so seinen Gedanken nachging, war auf einmal ein deutliches Knacken zu vernehmen. Das kam aus dem Lautsprecher neben dem Notrufknopf.
„Hallo, können Sie mich hören?“, sagte eine Stimme. „Ist jemand im Aufzug? Hier spricht Hausmeister Eberlein.“
„Ja, ich bin hier!“, rief Herr Jaromir.
„Bleiben Sie ganz ruhig“, sagte der Hausmeister. „Halten Sie durch! Keine Panik. Es ist nur eine kleine Panne. Ich hole Sie da raus.“
Herr Jaromir erschrak. „Bitte noch nicht! Meine Tomaten sind noch nicht reif.“
„Was sagen Sie da?“, fragte Herr Eberlein.
„Bitte, warten Sie noch ein wenig!“, sagte Herr Jaromir. „Noch einen Tag. Vielleicht sogar nur ein paar Stunden.“
„Was ist los?“, fragte der Hausmeister. „Sind Sie gesund? Soll ich einen Arzt holen?“
Kurze Zeit darauf ruckelte der Boden, die Tomatensträucher zitterten ein wenig, der Auf-

12
11
10
9
8
7
6
5
4
3
2
1
E
NOT

zug fuhr weiter, als wäre nichts gewesen. Im sechsten Stock hielt er und die Tür öffnete sich.
Herr Eberlein stand draußen. Er sah in den Aufzug und schlug die Hände über dem Kopf zusammen.
„Was ist denn hier passiert?“
Sofort holte er eine Schaufel und ein paar große Müllsäcke.
„Es sind Tomaten“, sagte Herr Jaromir. „Bald sind sie reif.“
Aber Herr Eberlein ließ sich nicht erweichen. „Das hier ist kein Garten und kein Gewächshaus, sondern ein Aufzug“, sagte er. „Wollen Sie etwa, dass alle Bewohner des Hauses zu Fuß gehen müssen?“
Und schon riss er die Sträucher aus dem Boden und schaufelte die Erde in die Müllsäcke. Herr Jaromir konnte gerade noch eine grüne Tomate pflücken, dann war alles beseitigt und der Aufzug sah wieder so aus, wie ein Aufzug aussehen soll.
Traurig ging der kleine Herr Jaromir in seine Wohnung. Er war müde und hatte großen

Hunger. Er setzte sich an den Esstisch und sah sich die gerettete Tomate an. Wenn man genau hinsah, dann konnte man einen rötlichen Schimmer bemerken. Einen sehr deutlichen Schimmer. Die ist fast schon mehr rot als grün, dachte Herr Jaromir. Die ist beinahe schon reif! Bestimmt ist sie gut! Er biss in die Tomate – und wirklich: So eine köstliche Tomate hatte er noch nie gegessen.
Es ist eine einzige Tomate, sagte sich Herr Jaromir. Nur eine einzige. Aber so eine Tomate kann man nirgends kaufen. Mit diesem Gedanken schlief er ein. Er schlief einen halben Tag und eine ganze Nacht. Dabei träumte er die ganze Zeit von nichts anderem als von Tomaten, und er lächelte im Schlaf.

Ein Glückstag

Eines Morgens,
als der kleine Herr Jaromir aus dem Fenster schaute, bemerkte er eine Feder, die vom Himmel herabschwebte und genau auf Herrn Jaromirs Fensterbrett landete. Es war eine kleine, zarte, blütenweiße Feder. Heute ist sicher mein Glückstag, dachte Herr

Jaromir. Er blickte hinauf in den Himmel, um zu sehen, ob vielleicht ein weißer Vogel dort oben seine Kreise zog, aber er konnte nichts entdecken.
Wenig später kam der Postbote. Herr Jaromir sah ihn von seinem Fenster aus, aber er ging nicht sofort zum Briefkasten, denn er wollte an seinem Glückstag möglichst lange die Hoffnung auskosten, dass er einen richtigen Brief und nicht bloß Reklame oder eine Rechnung brachte.
Herr Jaromir richtete sich das Frühstück, das aus einem Glas Orangensaft und zwei Bechern Joghurt bestand. Seit ungefähr zwei Monaten nämlich aß Herr Jaromir mehr Joghurt als früher. Denn zum einen ist Joghurt sehr gesund und zum anderen konnte man bei der „Landmann-Joghurt-Müll-Lotterie“ gewinnen. Man musste auf die leeren Joghurtbecher seinen Namen und seine Anschrift schreiben, bevor man sie in den Mülleimer warf. Und wenn man Glück hatte, wurde der Joghurtbecher aus der Müllhalde gezogen – dann hatte man gewonnen.

Und weil er gewinnen wollte, aß Herr Jaromir jede Menge Landmann-Joghurt – zwei am Morgen, drei am Mittag und zwei am Abend, und er schrieb fleißig Namen und Anschrift auf die leeren Becher. Gewonnen hatte er bis jetzt jedoch nichts.
An diesem Morgen löffelte Herr Jaromir lustlos in seinem zweiten Becher Landmann-Joghurt. Ich habe in der letzten Zeit zu viel davon gegessen, dachte er, schrieb Namen und Anschrift auf den halb leeren Becher und warf ihn in den Mülleimer.
Dann fiel sein Blick auf die weiße Feder, die er auf den Tisch gelegt hatte, und sie erinnerte ihn daran, dass vielleicht etwas im Briefkasten lag und darauf wartete, dass er es holte. Wer weiß, womöglich war es der Brief einer Firma, die Arbeit für ihn hatte. Es war nämlich auch in der großen Stadt nicht leicht, welche zu finden.
Endlich also ging Herr Jaromir zum Briefkasten. Es war tatsächlich ein Brief darin. Ein richtiger Brief, keine Reklame, keine Rechnung – ein Brief der Firma Joghurt-Land-

mann, die den beliebten Landmann-Joghurt herstellte.
„Sehr geehrter Herr Jaromir!", stand in dem Brief. „Ihr leerer Landmann-Joghurtbecher wurde aus dem Müll gezogen. Sie haben einen von tausend Sachpreisen gewonnen! Herzlichen Glückwunsch! Bitte holen Sie Ihren Gewinn bei der Firma Joghurt-Landmann im Wiesenweg ab!"
„Heute ist also tatsächlich mein Glückstag!", sagte Herr Jaromir. „Das wurde auch Zeit, denn Joghurt kann ich bald nicht mehr sehen."
Er steckte sich die weiße Feder in ein Knopfloch am Hemd und machte sich auf den Weg.
Im Bus bemerkte er, dass fast alle Leute Landmann-Joghurt aßen. Anscheinend hatte das Spielfieber schon die ganze Stadt erfasst.
„Puh", stöhnte eine alte Frau, nachdem sie ihren Becher geleert hatte. „Es fällt mir immer schwerer. Das macht bestimmt das Alter." Dann schrieb sie Namen und Anschrift auf den Becher.
Das Gelände der Firma Joghurt-Landmann

war von einer hohen Mauer umgeben. Herr Jaromir ging daran entlang und suchte nach einem Eingang. Er bog um eine Ecke und staunte: Er war nicht der Einzige, der an diesem Morgen zur Firma Landmann wollte. Zwanzig, vielleicht sogar dreißig Leute warteten vor einer Schrankc, daneben saß ein Pförtner in einem Glashaus.

Herr Jaromir stellte sich hinten an und fragte einen Mann direkt vor ihm: „Haben alle gewonnen, die hier warten?“

„Gewonnen? Wo denken Sie hin?“, sagte der Mann. „In den letzten Monaten habe ich so viel Landmann-Joghurt gegessen, dass er mir fast zu den Ohren herauskommt. Aber gewonnen habe ich noch nichts!“

„Ich kenne niemanden, der gewonnen hat“, rief eine Frau. „Vielleicht ist alles nur Betrug!“

„Oh nein“, sagte Herr Jaromir. „Ich habe wirklich gewonnen. Hier ist ein Brief, da steht es drin.“

Herr Jaromir musste seinen Brief vorlesen. Zweimal sogar, weil die, die weiter weg standen, nicht alles mitbekommen hatten.

„Man kann also wirklich was gewinnen“, sagte die Frau, die eben noch „Betrug“ gerufen hatte.
„Aber was machen Sie hier?“, fragte Herr Jaromir. „Wenn Sie nichts gewonnen haben?“
Die Frau zwinkerte mit den Augen.
„Wir haben so viel Joghurt gegessen, dass wir ihn nicht mehr leiden mögen. Aber es gibt einen Trick, wie man am Preisausschreiben teilnehmen kann, ohne Joghurt zu essen. Wir kommen jeden Tag hierher zum Hintereingang. Der Pförtner ist sehr nett und lässt uns hinein.“
In diesem Augenblick öffnete sich die Schranke und sofort stürmten alle Leute auf einen riesigen Berg leerer Joghurtbecher zu.
„Was machen Sie da?“, rief Herr Jaromir der Frau nach.

„Ich suche unbeschriebene Joghurtbecher!“, antwortete die Frau, während sie schon in den Bechern wühlte. „Ein paar unbeschriebene Becher sind meistens dabei. Wenn ich so einen finde, dann schreibe ich einfach meinen Namen darauf.“

„Ach so“, sagte Herr Jaromir. Er ging an der Becherhalde vorbei auf ein großes Gebäude zu.

„Du hast mir Glück gebracht“, sagte er und streichelte zärtlich die Feder in seinem Knopfloch. „Ich brauche keinen Joghurt mehr zu essen und nach Bechern ohne Namen suchen muss ich auch nicht.“

Der Haupteingang führte in einen großen Flur. Dort saß eine Empfangsdame, die vier Telefone gleichzeitig bediente.

„Hier Landmann-Joghurt, Zentrale“, sagte sie in einen der Telefonhörer und dann zu Herrn Jaromir: „Was kann ich für Sie tun?“
„Ich habe in der Müll-Lotterie gewonnen“, sagte Herr Jaromir.

„Er ist noch nicht in seinem Büro“, sagte die Empfangsdame in einen anderen Hörer. „Versuchen Sie es in einer Stunde noch mal.“ Und zu Herrn Jaromir sagte sie: „Gehen Sie zur Aktionsfläche im ersten Stock.“

„Was ist denn eine Aktionsfläche?“, fragte Herr Jaromir.

„Das weiß ich auch nicht so genau“, sagte die Frau. „Aber sie ist im ersten Stock.“

Und wieder klingelte ein Telefon.

In einer großen Halle im ersten Stock glänzte auf einem Podest ein nagelneues rotes Auto. Darüber hing ein Schild, auf dem stand: „Hauptgewinn! Machen Sie mit bei der Landmann-Joghurt-Müll-Lotterie.“

Herr Jaromir sah sich suchend um. Bis auf eine Frau, die mit einem Staubsauger Teppichböden reinigte, war die Halle menschenleer. Herr Jaromir sprach die Frau an und zeigte ihr seinen Brief.

Die Frau las und sagte: „Sachpreis. Herzlichen Glückwunsch! Ich spiele schon seit Monaten mit, aber ich habe noch nichts gewonnen. Sie sind ein Glückspilz!“

„Das bin ich wohl“, sagte Herr Jaromir. „Und wo muss ich jetzt hin?“

„Zimmer 118“, sagte die Frau und wollte den Weg erklären, aber dann überlegte sie es sich anders und sagte: „Es ist nicht leicht zu finden. Warten Sie einen Moment, ich hole Ihren Gewinn.“

Das klappt ja hervorragend, dachte Herr Jaromir.

Kurze Zeit darauf kam die Frau wieder und übergab ihm seinen Sachpreis. Es waren zwölf Becher Landmann-Joghurt.

„Herzlichen Glückwunsch!“, sagte sie noch einmal. „Nicht schlecht für den Anfang, nicht wahr? Ich hoffe, Sie spielen weiter mit.“

„Natürlich“, sagte Herr Jaromir. „Joghurtbecher habe ich ja jetzt auch wieder ein paar.“

Er ging hinunter und aus dem Haus, an der Joghurtbecherhalde vorbei. Die Leute dort waren so beschäftigt mit der Suche nach unbeschriebenen Bechern, dass sie ihn nicht bemerkten. Herr Jaromir wollte ihnen etwas zurufen, aber dann ging er doch einfach weiter.

Etwas später, an der Bushaltestelle, sah Herr Jaromir ein Kind, das genüsslich einen Becher Landmann-Joghurt auslöffelte. Als es fertig war, fragte Herr Jaromir: „Möchtest du tauschen? Zwölf volle Becher gegen einen leeren?"

Das Kind sah ihn erstaunt an.

„Natürlich möchte ich das."

Herr Jaromir tauschte mit dem Kind, er nahm den leeren Becher, schrieb Namen und Anschrift darauf und warf ihn in den Mülleimer. Das Kind aß gleich noch einen Joghurt. Herr Jaromir sah ihm dabei zu. Zufrieden strich er über die weiße Feder in seinem Knopfloch, die kitzelte an der Hand.

Die größte Seifenblase

Pusteschön ist eine seifenhaltige Flüssigkeit. Taucht man ein Stäbchen mit einem Ring hinein und bläst dann durch den Ring, entstehen Seifenblasen. So steht es auf der Verpackung.

Der kleine Herr Jaromir tauchte das Ringstäbchen in das Röhrchen, er hielt es dicht an den Mund, er pustete mit aller Kraft – aber es kamen nur ein paar seifige Fetzen heraus. Er versuchte es noch einmal, er hielt den Ring etwas weiter weg und blies ganz sacht hindurch und diesmal tat sich überhaupt nichts. Beim dritten Mal jedoch hatte er es heraus. Er fand genau den richtigen Abstand, er pustete fest, aber nicht zu fest, und ein Dutzend Seifenblasen schwebten durch das Wohnzimmer – wunderbare Kugeln, groß wie Tischtennisbälle. Sie schillerten in allen Farben des Regenbogens.

Beim nächsten Versuch waren es zwar weniger, dafür aber größere Seifenblasen, und es gelang Herrn Jaromir sogar, eine besonders schöne einzufangen. Er hielt das Stäbchen hin, die empfindliche Kugel landete auf dem Ring. Herr Jaromir setzte sie vorsichtig auf den Rand eines Wasserglases. Dort blieb sie hängen, ohne zu zerplatzen.

Herr Jaromir ging zum Fenster. Er tauchte das Stäbchen in die Seifenlauge, er holte tief Luft und schließlich blies er vorsichtig und gleichmäßig zum offenen Fenster hinaus.

Eine einzige Kugel entstand und wurde immer größer. Erst wie ein Tennisball, dann wie ein Fußball, dann schnappte Herr Jaromir nach Luft, er pustete weiter und die Kugel wuchs und wuchs. Erst als sie ungefähr halb so groß wie das Fenster von Herrn Jaromirs Wohnzimmer war, löste sie sich vom Ring und flog davon.

„Die muss ich fangen!", rief Herr Jaromir und hielt das Ringstäbchen aus dem Fenster.

Aber die Seifenblase war schon zu weit entfernt und allmählich sank sie nach unten.

Herr Jaromir rannte aus der Wohnung und zum Aufzug. Er drückte auf den Knopf neben der Tür. Dann jedoch bemerkte er ein Schild:

„Defekt. Bitte benutzen Sie einen anderen Fahrstuhl." Dabei gab es im ganzen Haus nur einen einzigen Aufzug! Wenn der kaputt war, dann hieß es laufen.
Und Herr Jaromir lief.
Er rannte alle sechs Treppen hinunter und hinaus auf die Straße. Er war tatsächlich schneller als die große Seifenblase, die ganz langsam herabsank und gerade in der Höhe des ersten Stockwerks schwebte. Sie kam ein Stück auf Herrn Jaromir zu, er hielt schon das Ringstäbchen hoch, um sie aufzufangen, aber dann entschied sie sich anders: Sie drehte ab und überquerte die Straße.
Herr Jaromir konnte ihr nicht auf direktem

Wege folgen, weil der Verkehr zu stark war, er musste zur Fußgängerampel. Da wartete er ungeduldig auf Grün, lief bis zur Straßenbahnhaltestelle in der Mitte der Straße, überquerte die Schienen und wartete an der nächsten Ampel wieder auf Grün.

Die Seifenblase war inzwischen auf der anderen Straßenseite angekommen und flog auf einen Mann zu. Sie kam bedenklich nah an ihn heran und drohte auf seinem Kopf zu zerplatzen. „Vorsicht!", rief Herr Jaromir. „Gehen Sie in Deckung!"

Der Mann erschrak und duckte sich. Herr Jaromir zeigte auf die Seifenblase, der verdutzte Mann sah hinauf und lachte beruhigt.

„Das ist ja die größte Seifenblase seit Menschengedenken“, sagte er.
„In der Tat“, bestätigte Herr Jaromir. „Das ist sie.“
Ein kleiner Windstoß erfasste die schillernde Kugel, sie stieg wieder höher hinauf und flog an den Häuserblocks der Waldstraße entlang. Herr Jaromir folgte ihr. Es war nicht so schwierig, denn sie flog nicht schnell. Nur musste Herr Jaromir Acht geben, dass er nicht mit anderen Leuten zusammenstieß, weil er ständig hoch in die Luft guckte.
Ein paar Häuser weiter machte die Seifenblase plötzlich eine leichte Drehung. Im sechsten Stock stand ein Fenster offen. Die Kugel änderte die Richtung, sie schwebte nicht weiter an der Häuserwand entlang, sondern direkt darauf zu und geradewegs in das offene Fenster hinein.
Jetzt hätte Herr Jaromir die Verfolgung beinahe aufgegeben, aber da kam der Postbote und klingelte genau in dem Haus, in dem die Kugel verschwunden war, denn er hatte ein Paket abzugeben. Herr Jaromir ging ihm nach, und

ehe die Tür wieder ins Schloss fiel, war er im Haus.
Weil die Häuser in der Waldstraße sich glichen wie ein Ei dem anderen, kannte Herr Jaromir sich in dem fremden Haus sofort aus. Er wusste, hier vorne ist der Lichtschalter, da hinten sind die Treppe zum Keller und der Ausgang zum Hinterhof. Und rechts der Aufzug. Die Knöpfe im Aufzug waren auch hier etwas zu hoch für den kleinen Herrn Jaromir. Er sprang und erwischte den Knopf für den fünften Stock. Die Treppe zum sechsten Stock hinauf lief er. Dann klingelte er an einer Wohnungstür. Auf dem Schild stand: „Helwig".
Herr Helwig war sehr groß, ungefähr so groß wie die Tür.
„Wer ist da?", fragte er.
Er sah ein wenig herab und erblickte Herrn Jaromir.
„Schade", sagte Herr Helwig. „Ich hatte schon gedacht, es wäre der Postbote."
„Darf ich hinein?", sagte Herr Jaromir und legte den Kopf in den Nacken, um Herrn Helwigs Gesicht zu sehen.

„Ich weiß wirklich nicht, warum", antwortete Herr Helwig. „Aber wenn Sie unbedingt wollen, bitte sehr."
Als Herr Jaromir die Wohnung betrat, staunte er. War er in seiner eigenen Wohnung gelandet? Es gab hier genau den gleichen Flur, das gleiche Wohnzimmer und die gleiche Küche. Und nicht nur das – auch die Möbel waren die gleichen! Die grünen Vorhänge am Fenster, das kleine Regal in der Ecke, der Rollwagen, auf dem der Fernseher stand – alles war genau wie bei Herrn Jaromir.
„Was ist?", fragte Herr Helwig, weil Herr Jaromir vor Verwunderung keine Worte fand.
Herr Jaromir zeigte auf einen hellen Holztisch in der Mitte des Zimmers.
„Genau diesen Tisch habe ich auch", sagte er. „Ist das nicht erstaunlich?"
Herr Helwig zuckte mit den Achseln.
„Das ist nichts Besonderes", meinte er. „So einen Tisch hat doch jeder."
„Er ist ein wenig zu groß, finden Sie nicht?", sagte Herr Jaromir.
Herr Helwig schüttelte den Kopf.

„Finde ich gar nicht. Im Gegenteil. Ich würde sogar sagen, er ist nicht groß genug."

„Und die Stühle da, mit dem grünen Stoffbezug!" Herr Jaromir kam aus dem Staunen nicht mehr heraus. „Genau solche Stühle habe auch ich! Mit genau diesem grünen Stoffbezug!"

„Natürlich, sie gehören ja zu dem Tisch", sagte Herr Helwig. „Sie waren billig, aber sie sind zu niedrig, das ist der Nachteil."

„Auch ich sitze unbequem darauf", sagte Herr Jaromir. „Es fehlt eine Stange, auf der man die Füße abstellen kann. Da baumeln die Beine nur dumm in der Luft herum."

Herr Jaromir ging in die Küche und öffnete eine Schranktür, denn er war zu neugierig und wollte in Erfahrung bringen, ob sich dort die Teller mit dem blauen Blümchenmuster befanden, die auch er zu Hause hatte. Und wirklich – genauso war es.

„So ein Zufall!", rief Herr Jaromir. „Eben diese Teller habe ich auch."

„Was heißt hier Zufall?", widersprach Herr Helwig. „Von diesen Tellern gibt es Tausende. Als ich sie gekauft habe, standen sie bergeweise im Geschäft. Haben Sie denn wirklich gedacht, Sie sind der Einzige, der solche Teller hat?"

„Nein, das nicht", musste Herr Jaromir zugeben.

„Na also!", sagte Herr Helwig. Er wurde allmählich ungeduldig. „Was wühlen Sie überhaupt in meinen Sachen herum? Was suchen Sie?"

„Eine Seifenblase", erklärte Herr Jaromir. „Eine riesige Seifenblase. Sie ist vor ein paar Minuten in Ihr offenes Fenster geflogen. Es ist meine."

Aber Herr Helwig hatte keine Seifenblase gesehen. „Ich war in der Küche und wollte eben eine Dose Ravioli öffnen. Ich habe nicht darauf geachtet, ob etwas zum Fenster hereingeflogen ist. Dann haben Sie geklingelt und ich glaubte, es wäre der Postbote."

„Die Seifenblase ist sehr groß", sagte Herr Jaromir und sah sich noch einmal um. „Man müsste sie eigentlich sofort sehen." Aber er bemerkte nichts.

Schließlich wollte er gehen, aber da rief Herr Helwig: „Warten Sie, da ist was!“

Er ging zum Tisch im Wohnzimmer.

„Fassen Sie mal an“, sagte er. „Hier. Nein, etwas weiter vorn. Ja, hier.“

„Fühlt sich an wie Seife“, sagte Herr Jaromir und rieb sich dic glitschigen Hände. „Das war’s dann wohl.“

„Seifenblasen zerplatzen immer irgendwann“, versuchte Herr Helwig zu trösten. „Tut mir Leid.“

„Schon gut“, sagte Herr Jaromir. „Ist ja nicht Ihre Schuld. Aber so eine kriege ich nicht wieder hin.“

Dann ging Herr Jaromir hinaus.

„Wir könnten uns mal besuchen“, schlug er zum Abschied vor.

„Könnten wir machen“, sagte Herr Helwig. Und als Herr Jaromir beim Aufzug angelangt war, rief Herr Helwig ihm nach: „Oder schreiben! Wir könnten uns schreiben. Ich bekomme sehr selten Post.“

Ein netter Mann, und sozusagen mein Nachbar, dachte Herr Jaromir, als er im Aufzug war.

Er beschloss, Herrn Helwig schon bald einen Brief zu schreiben. Oder er würde ihm noch eine Seifenblase schicken. Wenigstens eine kleine. Denn so eine große, das war gewiss, die kriegte er nie wieder hin.

Pizza mit Pilzen

Eines Morgens sah der kleine Herr Jaromir aus dem Fenster und dachte sich: Es liegt etwas in der Luft.

Draußen war eigentlich alles wic immer: die große Straße, die Häuser und darüber ein Fleck vom grauen Himmel. Und doch … Herr Jaromir öffnete das Fenster und atmete tief aus und ein. Es roch nach Erdnüssen. Eine Erdnussrösterei befand sich in irgendeinem Vorort und bei Ostwind war die ganze Stadt vom Geruch frisch gerösteter Erdnüsse erfüllt.

„Es liegt etwas in der Luft“, sagte Herr Jaromir und er meinte nicht nur den Erdnussduft.

Nachdem er lange genug so dagestanden hatte, überlegte Herr Jaromir, wie er diesen besonderen Tag verbringen sollte. Er schloss das Fenster und entschied sich für einen Spaziergang. Herr Jaromir brauchte keinen Mantel, es war nicht kalt. Er konnte gleich losgehen.

Als Herr Jaromir die Wohnungstür öffnete, stand ein Mann mit einer großen Kiste davor.

Der Mann grüßte und sagte: „Ich bin der Techniker."
„Freut mich", sagte Herr Jaromir.
„Gehen Sic bitte ein Stück zur Seite", sagte der Techniker. „Die Kiste ist groß."
Herr Jaromir machte Platz.
Der Mann trug die Kiste an Herrn Jaromir vorbei in seine Wohnung.
„Wohin?", fragte er.
„Ich verstehe nicht ganz", wunderte sich Herr Jaromir.
„Sie müssen etwas lauter reden", sagte der

Techniker. „Ich bin nämlich leicht schwerhörig."
„Ich verstehe nicht ganz!", wiederholte Herr Jaromir. „Ich habe nichts bestellt!"
Der Mann sah sich um.
„Wohin man ihn stellt? Ja, das ist vielleicht ein Problem. Sehr viel Platz haben Sie nicht."
Er setzte die Kiste mitten im Wohnzimmer ab.
„Bauen wir einfach alles hier auf", entschied er. „Umstellen kann man später immer noch."
Es lag in der Luft, dachte Herr Jaromir. Jetzt bekomme ich ein Riesenpaket!
Er sah dem Techniker zu, der ein paar Klebestreifen abriss und die Kiste öffnete. Zum Vorschein kamen unzählige kleine weiße Kugeln.
„Was ist denn das?", fragte Herr Jaromir.
„Das sind Styroporkugeln", erklärte der Mann. „Sie sind nur zum Schutz da. So ein Rechner ist ein sehr empfindliches Gerät. Er muss gut verpackt sein."
„Rechner?", fragte Herr Jaromir und vergaß vor Staunen den Mund zu schließen.
„Computer", sagte der Techniker. „Wir Fachleute sagen Rechner dazu, denn eigentlich tut

er den ganzen Tag nichts anderes als rechnen."

Herr Jaromir machte den Mund wieder zu, aber er verstand immer noch nicht, was hier vor sich ging.

„Ich brauche doch kein Gerät, das rechnet", sagte er. „Was ich rechnen muss, das kann ich alleine."

Der Mann sah lächelnd auf Herrn Jaromir herab. Vermutlich war er erstaunt, wie wenig Herr Jaromir sich auskannte.

„Das muss ich wohl erklären", sagte der Techniker, während er einen Bildschirm auspackte und auf den Wohnzimmertisch stellte. „Natürlich können Sie mit dem Rechner nicht nur rechnen, sondern zum Beispiel auch schreiben. Aber der Rechner rechnet die ganze Zeit, sogar während Sie etwas schreiben."

„Ich brauche den Rechner nicht zum Rechnen und nicht zum Schreiben", sagte Herr Jaromir.

„Hier soll er bleiben?", fragte der Techniker.

„Ich brauche ihn nicht", wiederholte Herr Jaromir.

„Auf dem Wohnzimmertisch, ja das geht." Der Techniker stellte einen Kasten und eine Tastatur mit Zahlen und Buchstaben neben den Bildschirm.
„Jetzt brauchen wir das alles nur noch anzuschließen", sagte er.
Eine halbe Stunde später führten verschiedene Kabel durch das Wohnzimmer. Herr Jaromir musste beim Gehen aufpassen, dass er nicht darüber stolperte.
„So, das hätten wir", sagte der Techniker.
Er schaltete den Rechner ein und setzte Herrn Jaromir eine Art Helm auf den Kopf und grinste.
„Jetzt brauchen Sie das Haus nie mehr zu verlassen."
Der Helm reichte bis über die Augen und verdeckte die Sicht ins Zimmer. Stattdessen sah Herr Jaromir vor sich die Straße einer Stadt. Es war nicht bloß ein Film. Es war, als ob Herr Jaromir sich wirklich draußen auf der Straße befände. Drehte er den Kopf nach rechts, sah er die Häuser auf der rechten Straßenseite, drehte er ihn nach links, sah er andere Häuser

auf der linken Straßenseite. Herr Jaromir lief ein Stück die Straße entlang. Dann sprang er erschrocken zur Seite, weil ein Auto genau auf ihn zu fuhr.

„Halt!“, rief der Techniker. „Nicht weitergehen.“ Er drückte Herrn Jaromir ein Gerät mit einem kleinen Hebel in die Hand.

„Bleiben Sie einfach stehen, wo Sie sind“, sagte er. „Mit diesem Hebel können Sie steuern, wo Sie hingehen.“

Herr Jaromir versuchte es. Er blieb auf der Stelle stehen und ruckte nur an dem Ding in seiner Hand. Tatsächlich kam es ihm vor, als ob er über den Bürgersteig ging. Am Anfang irrte er im Zickzack umher, aber bald hatte er es besser heraus und er konnte geradeaus gehen, abbiegen und die Straße überqueren.

„Das geht sogar im Sitzen“, erklärte der Mann. „Da kann man dann laufen so viel man will und die Beine werden niemals müde.“

„Merkwürdig“, sagte Herr Jaromir. „Was es nicht alles gibt!“

„Es gibt alles“, sagte der Techniker stolz. „Wo möchten Sie mal hin?“

„Gerne in einen Wald“, sagte Herr Jaromir.
Da wurde es kurz schwarz vor seinen Augen und schon war er mitten im Wald. Ein Bach plätscherte, Vögel zwitscherten, die Bäume rauschten ein wenig im Wind. Herr Jaromir atmete tief ein und aus.
„Man riecht nichts“, stellte Herr Jaromir fest. „Aber es ist trotzdem erstaunlich.“ Er bewegte den Hebel und nun sah es wirklich so aus, als liefe er am Bach entlang.
„Es wirkt alles sehr echt, nicht wahr?“, sagte der Techniker. „Und die ganze Zeit rechnet der Rechner.“
Herr Jaromir stieg über einige Äste und kletterte auf einen Felsen. Dann gelangte er auf eine Wiese.
„Die ist aber groß“, staunte Herr Jaromir. „Wie viel Platz hier ist!“
Und plötzlich fing er an über die Wiese zu laufen, seine Beine bewegten sich, er lief tatsächlich, ja er rannte.
„Halt!“, schrie der Techniker. „Nicht laufen! Vorsicht, die Kabel!“
Aber es war zu spät. Herr Jaromir stolperte

über ein Kabel und knallte gegen die Wand – ein schmerzhaftes Brummen im Kopf und Sterne und Kreisel vor den Augen erinnerten ihn daran, dass er sich nicht auf einer großen Wiese, sondern nur in seinem kleinen Wohnzimmer befand. Zum Glück hatte der Helm auf dem Kopf Schlimmeres verhindert. Herr Jaromir setzte ihn ab.

„Es tut immer noch weh“, sagte er und sah den Techniker vorwurfsvoll an.

„Man muss die Gebrauchsanweisung genau beachten“, gab dieser zurück. „Ich habe es Ihnen gesagt: Man darf nicht laufen. Jedenfalls nicht, wenn man das Gerät in einem kleinen Zimmer benutzt. Das ist eigentlich der einzige Unterschied zu einem richtigen Wald.“

„Und die Luft ist anders“, sagte Herr Jaromir und rieb sich eine schmerzende Beule.

„Das stimmt“, gab der Mann zu. „Aber sonst ist alles wie draußen. Sie brauchen die Wohnung wirklich nicht mehr zu verlassen.“

Herr Jaromir schüttelte den Kopf.

„Ich muss doch etwas zu essen kaufen“, sagte er. „Dazu muss ich aus dem Haus.“

„Kein Problem. Natürlich gibt es eine Maus.“ Der Techniker lächelte überlegen.

„Wie soll das gehen?“, fragte Herr Jaromir.

Der Techniker zeigte auf ein weißes Teil aus Kunststoff, das auf dem Wohnzimmertisch lag. „Da ist die Maus! Damit bestellen wir Pizza.“

Er bewegte mit einer Hand die Maus über die Tischplatte und zeigte mit der anderen auf den Bildschirm.
„Sehen Sie!“
Auf dem Bildschirm erschien nun eine Salamipizza.
„Jetzt sind wir auf der Seite von Pizzablitz Antonio. Das ist nicht weit von hier. Aber eigentlich spielt die Entfernung keine Rolle. Wenn wir wollten, könnten wir unsere Pizza in Italien oder in Amerika bestellen.“
„Die würde aber kalt, bis sie kommt“, sagte Herr Jaromir.
„Sehr richtig“, sagte der Techniker. „Lassen wir es also lieber bei Pizzablitz Antonio! Hier, sehen Sie! Mit der Maus können wir anklicken und weiterblättern. Was für Pizza mögen Sie?“
„Pizza mit Pilzen“, sagte Herr Jaromir. „Aber mit frischen Pilzen, nicht aus der Dose!“
„Also weiterblättern“, sagte der Techniker.
Er drückte auf die Maus und es erschienen andere Zutaten auf dem Bildschirm. Das wiederholte er so lange, bis eine Pizza mit Pilzen zu sehen war.

„Klick, schon bestellt!", sagte er fröhlich. „Jetzt gebe ich noch Ihren Namen ein."
Er buchstabierte laut und tippte auf die Buchstaben der Tastatur.
„B-U-S-C-H-M-A-N-N."
„Was schreiben Sie da?", fragte Herr Jaromir verwundert. „Buschmann?"
„Natürlich Buschmann", sagte der Techniker. „Einmal Pizza für Buschmann. Ich muss doch Ihren Namen eingeben."
Er schrieb den Namen der Straße und klickte mit der Maus.
„Alles klar", sagte er. „Pizza kommt."
„Ich heiße nicht Buschmann", sagte Herr Jaromir.
Der Mann sah ihn mit großen Augen an.
„Lauter bitte. Ich glaube, ich habe Sie nicht richtig verstanden."
„Ich heiße nicht Buschmann!", schrie ihm Herr Jaromir ins Ohr. „Und einen Computer oder Rechner habe ich auch nicht bestellt. Das versuche ich schon die ganze Zeit zu erklären."
„Wie kann das sein?", fragte der Techniker. „Ich habe bei Buschmann geklingelt. Ich bin

mit dem Aufzug rauf in den siebten Stock gefahren. Sie haben die Tür geöffnet und mich reingelassen. Wieso heißen Sie nicht Buschmann?"

„Ich bin Herr Jaromir und wohne im sechsten Stock", sagte der kleine Herr Jaromir. „Die Tür habe ich geöffnet, weil ich gerade hinausgehen wollte. Und da standen Sie mit der Kiste davor."

Der Techniker kratzte sich an der Nase.

„Das ist aber dumm", überlegte er. „Dann bekommt Herr Buschmann also jetzt eine Pizza mit Pilzen und auf seinen Rechner wartet er immer noch."

Leise vor sich hin schimpfend baute er die Geräte ab und packte sie zurück in die Kiste.

„Kennen Sie Herrn Buschmann?", fragte er.

„Ich habe ihn noch nie gesehen", sagte Herr Jaromir.

„Sie sollten sich auch einen Rechner kaufen", schlug der Techniker vor, als er aus der Wohnung hinausging. „Dann würden Sie Herrn Buschmann vielleicht auf dem Bildschirm begegnen."

„Und wir könnten zusammen im Wald spazieren gehen“, sagte Herr Jaromir.
„Genau!“, rief der Mann. „Und das alles, ohne das Haus zu verlassen.“
Herr Jaromir schob die Tür hinter dem Techniker zu. Er ging zum Fenster und sah hinaus. Da draußen waren die Straße und die Häuser, dahinter andere Straßen und Häuser, die man von diesem Fenster aus nicht sehen konnte, und so weiter. Und irgendwo, hinter all diesen Straßen und Häusern, war der Wald.
Ein merkwürdiger Tag heute, dachte Herr Jaromir. Er machte das Fenster auf und in tiefen Zügen atmete er die Luft, die nach frisch gerösteten Erdnüssen roch. Dann beschloss er, nun endlich ein wenig spazieren zu gehen. Einen Mantel brauchte er nicht, er ging sofort zur Wohnungstür. Doch als er sie öffnete, stand ein Mann davor mit einem flachen Karton in der Hand.
„Einmal Pizza für Buschmann“, sagte der Mann.
Herr Jaromir lachte.
„Das trifft sich gut“, sagte er. „Ich habe näm-

lich Hunger.“ Er bezahlte die Pizza, nahm sie und ging zurück in die Wohnung.
Er aß sie am Küchentisch. Sie schmeckte gar nicht mal schlecht. Aber die Pilze, das muss gesagt werden, waren doch nicht frisch, sondern eindeutig aus der Dose.

Der Wasseralarm

An einem sehr sonnigen Sonntag im August stand der kleine Herr Jaromir auf, schaltete sein Radio ein und öffnete das Fenster. Alle Fenster in der Nachbarschaft waren geöffnet und von überall war die Musik aus den Radios zu hören.

„Ein herrlicher Morgen!“, sagte Herr Jaromir.

Er blinzelte hinaus und die Sonne wärmte sein Gesicht.

„Ein herrlicher Morgen!“, sagte eine Stimme aus dem Radio. „Und jetzt unser Tipp für Ihren Sonntagsausflug! Besuchen Sie den Baggersee!“

Keine schlechte Idee, dachte Herr Jaromir, ein wenig Schwimmen würde mir gut tun.

Die Stimme sagte: „Das Wasser ist übrigens wunderbar sauber. Darüber wacht eine neue Erfindung: der Wasseralarm.“

Was es nicht alles gibt, dachte der kleine Herr Jaromir.

Er schaltete das Radio aus, steckte eine Badehose und ein Badetuch in ein Einkaufsnetz und machte sich sofort auf den Weg.

Herr Jaromir fuhr mit der Straßenbahn. Es gab keinen Sitzplatz mehr, aber Herr Jaromir stand am Fenster und konnte hinausschauen. Die Straßenbahn war schneller als die vielen Autos, die im Stau steckten und nur im Schritttempo vorankamen. Manchmal winkten Kinder aus einem der Autos und Herr Jaromir winkte zurück.

Ein Kiesweg führte zum Baggersee. Eine riesige Menschenschlange bewegte sich langsam voran. Der kleine Herr Jaromir stellte sich hinten an und bald stand er mitten im Gedränge.

„Warum geht es nicht weiter?“, fragte jemand.

„Da vorne zeigen sie die neue Erfindung“, sagte jemand anders.

Weil die Leute um Herrn Jaromir herum größer waren als er, sah er zuerst nicht viel, nur nackte Beine und Bäuche.

Herr Jaromir quetschte sich zwischen ein paar Bäuchen durch. Eine Sporttasche schlug an seinen Kopf, weil ein Mann nicht aufgepasst hatte. Herr Jaromir schimpfte kurz, dann drängelte er weiter.

Am Rand des Kieswegs stand ein großer Glasbehälter mit Wasser. Ein Mann hielt eine Flasche in der einen Hand, mit der anderen Hand zeigte er auf den großen Glasbehälter und sagte: „Hier haben wir klares, sauberes Wasser! Und jetzt gebe ich ein wenig Wasseralarm dazu."

Er schüttete die Flüssigkeit aus der Flasche in den Glasbehälter.

„Und was sehen Sie?", fragte der Mann.

Herr Jaromir sah nichts und die Leute um ihn herum sahen auch nichts.

„Na, was sehen Sie?", fragte der Mann noch einmal.

„Nichts!", riefen die Leute.

„Genau", sagte der Mann. „Nichts. Man sieht nichts. Und das heißt, das Wasser ist absolut

sauber. Aber jetzt gebe ich ein paar Tropfen Benzin hinein. Und schauen Sie, was passiert!"
Der Mann ließ etwas Benzin ins Wasser tropfen – und da riefen alle Leute „Ah!" und „Oh!", denn sofort verwandelten sich die Tropfen in eine giftgrüne Wolke.
„Sagenhaft", sagten die Leute. „Da merkt man sofort, ob das Wasser sauber ist."
Sie setzten sich in Bewegung und auch Herr Jaromir ging weiter. Er wusste den Weg nicht, aber er brauchte nur den anderen zu folgen.
Endlich kam er am Ufer des Baggersees an. Herr Jaromir sah angestrengt auf den See und versuchte zu entdecken, ob grüne Wolken im Wasser waren. Aber es waren viele Leute darin und zwischen den Leuten wenig Wasser, sodass man es nicht genau erkennen konnte. Man muss weiter hinausschwimmen, dachte Herr Jaromir. Dann sieht man es besser.
Er zog sich aus und die Badehose an und legte seine Sachen auf einen freien Fleck zwischen einigen ausgebreiteten Wolldecken.
Herr Jaromir ging am Ufer entlang und suchte eine schöne Stelle zum Schwimmen. Am

meisten Platz war in der Nähe des Holzturms, auf dem der Bademeister saß, aber als Herr Jaromir sich dort dem Wasser näherte, pfiff der Bademeister auf seiner Trillerpfeife und rief durch ein Megaphon: „Weg da! Lassen Sie Platz für die Rettungsschwimmer. Im Notfall müssen sie jederzeit einsatzbereit sein."
Und richtig, da waren zwei Männer in Taucheranzügen, die an der freien Stelle neben einem Boot standen und auf ihren Einsatz warteten.
Herr Jaromir ging ein Stück weiter. Dort standen die Badenden ziemlich dicht beieinander. Aber als ein Mann mit Taucherbrille und Schwimmflossen ans Ufer stieg, ging Herr Jaromir ihm entgegen und nahm seinen Platz ein. Das Wasser war warm und reichte ihm bis an den Bauchnabel.
Herr Jaromir entfernte sich vom Ufer. Zunächst ging er. Dann, als das Wasser so tief war, dass niemand mehr stehen konnte, hatte er ausreichend Platz für Schwimmbewegungen.
Nach einer Weile legte Herr Jaromir sich auf den Rücken und ließ sich einfach treiben.

Surf
Surf
Surf

Hier draußen war das Wasser kühler. Er schloss die Augen. Die Sonne schien so stark, dass Herr Jaromir hinter den geschlossenen Augenlidern einen rötlichen Schimmer sah. Die Ohren waren unter Wasser, darum hörte Herr Jaromir nichts, nicht das Lachen und Rufen vom Ufer, nicht das Geschrei der Kinder, nicht die Trillerpfeife des Bademeisters. Er kam sich vor, als hätte er den ganzen riesigen Baggersee nur für sich allein.
„Wie schön es ist", flüsterte Herr Jaromir.
Als Herr Jaromir die Augen wieder öffnete, war er wirklich allein. Einsam trieb er mitten auf dem See. Das Ufer war weit entfernt. Herr Jaromir wunderte sich, wie es geschehen konnte, dass er in der kurzen Zeit so weit hinaus-

getrieben war. Es war höchste Zeit, zurück ans Ufer zu schwimmen.

Der kleine Herr Jaromir drehte sich auf den Bauch. Er faltete die Hände, er machte einen starken Stoß nach vorn, zog die Arme zu beiden Seiten nach hinten und holte kräftig mit den Beinen aus. Das wiederholte er einige Male und es schien ihm, als ob er sehr schnell vorankäme. Schwamm er nicht wie ein richtiger Sportler?

Aber als er wieder aufsah, war das Ufer genauso weit entfernt wie zuvor. Und das schnelle Schwimmen war sehr anstrengend.

„So geht es nicht", sagte sich Herr Jaromir und schnappte nach Luft. „Es ist zu weit. Bis zum Ufer halte ich das nicht durch."

Also legte sich Herr Jaromir wieder auf den Rücken, machte weite Bewegungen mit den Armen und strampelte mit den Beinen. Das war weniger anstrengend, aber es ging unerträglich langsam voran. Nach einer Weile war Herr Jaromir auch davon erschöpft und das Ufer war kaum näher gekommen.

Herr Jaromir erschrak. Das wird schwierig,

dachte er. Wie komme ich jetzt wieder an Land? Dann aber beruhigte er sich, denn es fiel ihm ein, dass für solche Fälle die Rettungsschwimmer am Ufer bereitstanden. Herr Jaromir winkte mit beiden Armen, um zu zeigen, dass er Hilfe brauchte.
Es geschah jedoch nichts.
Sie brauchen natürlich eine Weile, bis sie kommen, dachte Herr Jaromir.
Aber sie kamen nicht.
Herr Jaromir machte einen Sprung aus dem Wasser heraus, er reckte beide Arme hoch in die Luft und schrie: „Hilfe! Ich brauche Hilfe!“
Doch seine Rufe waren leise und seine Arme waren kurz. Der Bademeister, der vom Turm aus seine Blicke über den See schweifen ließ, hörte ihn nicht und sah ihn nicht.
Es half nichts! Herr Jaromir ließ sich treiben und versuchte Ruhe zu bewahren. Solange er einfach auf dem Wasser trieb, ging er wenigstens nicht unter.
Das war aber leichter gesagt als getan, denn Herr Jaromir hatte auf einmal ein merkwürdi-

ges Gefühl in der Magengegend, das ihn sehr unruhig machte. Ungefähr so, als wäre der ganze Bauch unterhalb des Bauchnabels prall gefüllt mit Wasser. Zuerst dachte Herr Jaromir, dass es sich so anfühlt, kurz bevor man ertrinkt. Dann aber merkte er, dass es etwas anderes war, nämlich ein Druck auf der Blase.
Was nun?, dachte Herr Jaromir. Ich kann doch nicht einfach ins Wasser machen!
Aber der Druck war so stark und Herr Jaromir musste so dringend, dass es nicht zum Aushalten war, und schließlich machte er doch ins Wasser. Sofort ging es ihm besser, erleichtert atmete er auf.
Dann aber sah er sich um und erschrak, denn hinter ihm trieben plötzlich giftgrüne Schwaden im Wasser. Herr Jaromir wusste sofort, was es war: der Wasseralarm.
Aber gerade das war Herrn Jaromirs Rettung. Die grün gefärbte Stelle im Wasser war weithin zu sehen, der Bademeister pfiff wie wild auf seiner Trillerpfeife und rief etwas in sein Megaphon. Schon nach kurzer Zeit war das Boot mit den Rettungsschwimmern zur Stelle.

„Kommen Sie mit“, sagten die Rettungsschwimmer und zogen Herrn Jaromir ins Boot.
Als sie am Ufer angelangt waren, kam der Bademeister von seinem Turm herunter.
„Verunreinigung von Badegewässern“, sagte er und Herr Jaromir musste zwanzig Euro Strafe zahlen.

Viele Leute standen herum und guckten zu. Herrn Jaromir war das sehr peinlich und er wurde rot im Gesicht.

„Tut mir Leid“, sagte er verlegen. „Es kommt bestimmt nicht wieder vor.“
Herr Jaromir ging zu seinen Sachen und zog sich, so schnell er konnte, an. Dann wollte er losrennen, bis nach Hause wollte er laufen, wie ein Langstreckenläufer. Aber wohin er seinen Fuß setzte, überall lagen und saßen Menschen auf Badetüchern und Wolldecken. Im Zickzack stapfte Herr Jaromir an ihnen vorbei und über sie hinweg. Auch auf den Bürgersteigen kamen ihm Scharen von Leuten entgegen. Alle wollten zum Baggersee.
Erst in seinem Haus, im Aufzug, war Herr Jaromir allein. Er sprang so hoch er konnte, um wenigstens Knopf Nummer fünf zu treffen. Wie ein Hochspringer sprang er, er erwischte den Knopf Nummer sechs, genau den richtigen, und er freute sich sehr.

Rehe in der Stadt

Mitten in der Nacht wurde der kleine Herr Jaromir von einem lauten Schlag geweckt. Erschrocken sprang er aus dem Bett. Das Fenster stand auf, denn Herr Jaromir schlief gerne bei offenem Fenster. Der Fenstergriff war von einem Windstoß gegen die Wand geknallt und hatte eine deutliche Macke hinterlassen. Auf dem Boden lagen einige verwelkte Blätter. Draußen tobte ein Sturm, wie Herr Jaromir ihn noch nie erlebt hatte.

Herr Jaromir kletterte auf einen Stuhl und versuchte das Fenster zu schließen. Der Sturm drückte so stark dagegen, dass Herr Jaromir sich mit beiden Händen und mit aller Kraft dagegen stemmen musste. Einmal ließ der Wind kurz nach, da gelang es beinahe, doch dann stieß eine neue Bö ihn zurück. Herr Jaromir lehnte seinen ganzen Körper gegen das Fenster und hielt so dem Druck stand. Noch einmal wurde der Wind etwas schwächer, das Fenster knallte zu. Herr Jaromir drehte am Griff und das Fenster war geschlossen.

„Na so was", sagte Herr Jaromir und legte sich wieder ins Bett.

Am nächsten Morgen war es still. Der Sturm hatte sich gelegt und es wehte kein Lüftchen mehr. Herr Jaromir ging zum Fenster, er sah hinaus und staunte. Die Stadt hatte sich über Nacht verwandelt. Buntes Herbstlaub bedeckte sie – die Straße, den Gehweg, die Dächer der parkenden Autos, über allem lag eine Schicht von roten, gelben und braunen Blättern.

„Wie kann das sein?", sagte Herr Jaromir. So

etwas hatte er noch nie gesehen. Der Sturm musste das Laub aus einem Wald in die Stadt geweht haben.
Herr Jaromir zog sich an und lief hinunter vor das Haus.
Auf der laubbedeckten Straße spielten Kinder. Sie hoben Blätter auf, so viel sie tragen konnten, und warfen sie in die Luft. Herr Jaromir machte es wie sie. Er sah hinauf in den bunten Blätterregen, er machte einen Luftsprung vor Freude, er ließ sich in das Laub fallen und landete so sanft wie in einem Bett. Dann schloss er die Augen und atmete den Geruch des herbstlichen Waldes.
„He, Sie! Sind Sie hingefallen?", sagte eine Stimme.
Herr Jaromir richtete sich auf. Es war Hausmeister Eberlein, der den auf dem Boden liegenden Herrn Jaromir besorgt ansah.
„Brauchen Sie Hilfe?"
Herr Jaromir schüttelte den Kopf.
„Dann bin ich beruhigt", sagte Herr Eberlein. „Man rutscht leicht aus auf dem Laub, nicht wahr?"

„Aber man fällt weich", sagte Herr Jaromir. Er stand auf und schüttelte sich ein paar Blätter aus den Kleidern.

„Es tut überhaupt nicht weh."

Herr Eberlein drückte Herrn Jaromir einen großen Besen in die Hand.

„Auf jeden Fall muss das Zeugs weg", stellte er fest. „Am besten fegen Sie einfach alles auf die Straße. Im Mülleimer ist kein Platz für so viel Laub."

Die Bewohner des Hauses mussten abwechselnd das Treppenhaus putzen und den Gehweg vor dem Haus kehren und ausgerechnet in dieser Woche war Herr Jaromir an der Reihe. Lustlos bewegte er den Besen hin und her. Bis zu den Knien steckte er in den Blättern und es schien ihm, als sei diese ungeheuerliche Menge Laub niemals zu bewältigen.

Inzwischen waren vor allen Häusern Männer und Frauen damit beschäftigt, den Gehweg von seinem ungewöhnlichen Belag zu befreien. Herr Jaromirs Nachbar schaufelte das Laub mit einer Schneeschippe in große Müllsäcke.

„So muss man es machen", rief er Herrn Jaromir zu. „Mit dem Besen geht das nicht!"
Da stapfte Herr Jaromir ins Haus. Er holte ein paar Müllsäcke und, weil er keine Schaufel fand, ein Kehrblech. Damit ging es wirklich besser – zumindest füllten sich allmählich die Säcke, wenn auch der Gehweg kaum leerer zu werden schien.
Nach etwa zwei Stunden, Herr Jaromir hatte gerade ein Stück Gehweg von zwei Metern Länge und drei Metern Breite freigeschaufelt, bog ein Räumfahrzeug in die Straße ein. Schon von weitem sah Herr Jaromir das Unheil kommen – wo es durchfuhr, türmten sich rechts und links Laubhalden, die eine etwa in der Mitte der Straße, die andere auf dem Bürgersteig. Herr Jaromir und sein Nachbar blieben regungslos stehen, bis das schwere Gefährt vorbeigefahren war, und dann betrachteten sie die Bescherung: Alle ihre Mühen waren umsonst gewesen, der Gehweg voller als zuvor.
Der Nachbar schimpfte dem Räumfahrzeug hinterher. Herr Jaromir jedoch sagte nichts.

Stumm vor Staunen beobachtete er zwei Tiere, die auf der anderen Straßenseite durch das Laub trippelten.
Da bemerkte der Nachbar es auch.
„Was ist denn das?“, fragte er.

Herr Jaromir flüsterte: „Ich bin mir ziemlich sicher – das sind Rehe!“
„Rehe mitten in der Stadt!“, rief der Nachbar. Die Tiere sahen erschrocken herüber, verharrten einen Augenblick, dann liefen sie davon.
„Wahrscheinlich haben sie sich verirrt“, sagte Herr Jaromir. „Weil hier so viel Laub ist, glauben sie, sie wären immer noch im Wald.“
Er wollte die Rehe von nahem sehen und stapfte eilig durch das Laub, aber schon waren sie verschwunden.
Als Herr Jaromir Mittagspause machte, war im Radio von nichts anderem als von Laub die Rede. Viele Menschen waren nicht zur Arbeit gekommen, weil Autos, Busse und Straßenbahnen nicht fuhren. Auch die Schulkinder mussten zu Hause bleiben.
„Eine solche Laubkatastrophe“, sagte der Radiosprecher, „hat es noch nie gegeben. Es werden alle Anstrengungen unternommen, das Laub zu beseitigen.“
Am Nachmittag schaufelte Herr Jaromir weiter. Es war nun reger Betrieb in der Straße. Ein Räumfahrzeug und zwei Straßenkehrmaschi-

nen fuhren hin und her, einige Feuerwehrautos, Lastwagen und Müllwagen kamen zu Hilfe. Herr Jaromir versuchte seine vollen Müllsäcke zu einem der Lastwagen zu tragen.

„Lassen Sie mal", sagte ein Mann in orangefarbenen Arbeitskleidern. „Wir machen das schon."

Und er warf die schweren Säcke schwungvoll auf die Ladefläche.

Herr Jaromir sah, dass er nun nicht mehr gebraucht wurde. Er stopfte sich so viel Laub in die Manteltaschen, wie hineinging. Er dachte sich nämlich, dass er hin und wieder gerne einmal Waldluft riechen würde. Dann bräuchte er einfach nur die Nase in das Laub zu stecken.

Zwei Tage später machte Herr Jaromir einen Spaziergang. Die Leute von der Stadtreinigung und ihre Helfer hatten ganze Arbeit geleistet. Wo sich vor kurzem noch richtige Rehe getummelt hatten, war nun kein Blatt mehr zu sehen. Der Gehweg war ein ganz gewöhnlicher Gehweg, die Straße eine ganz gewöhnliche Straße aus schwarzgrauem Teer und all die ganz gewöhnlichen Autos rasten über sie hinweg oder parkten am Straßenrand. Alles sah aus wie immer.

Eigentlich schade, dachte Herr Jaromir. Er nahm ein Blatt aus seinen laubgefüllten Manteltaschen und roch daran.

Zwei Mädchen sprachen ihn an.

„Wo gibt es noch Laub? Wir wollen etwas damit basteln."

„Es ist noch welches da“, sagte Herr Jaromir und schenkte den Mädchen das Blatt. „Die großen Leute sehen achtlos darüber hinweg, aber wir Kleinen, wir werden es finden.“
Die Mädchen gingen ihm nach, und ab und zu, ohne dass sie es bemerkten, griff Herr Jaromir in seine Manteltasche und ließ ein paar Blätter auf den Boden fallen. Die Mädchen sammelten sie auf, und bei jedem Blatt, das sie fanden, hörte Herr Jaromir ihr helles Lachen.

Herr Jaromir feiert Weihnachten

Am Morgen des 24. Dezember fand der kleine Herr Jaromir in einem entlegenen Stadtteil eine Blautanne, deren Spitze abgebrochen war. Deshalb war sie billiger und Herr Jaromir kaufte sie. Die Tanne war etwas größer als er selbst und schwer zu tragen. Es blieb Herrn Jaromir nichts anderes übrig, als mit der U-Bahn zu fahren. Herr Jaromir fuhr sonst nie mit der U-Bahn, weil man da nichts sah von der Welt. Die U-Bahn-Station war tief unter der Erde. In einer schwach beleuchteten Halle stand ein blauer Fahrkartenautomat. Herr Jaromir lehnte seinen Weihnachtsbaum an eine Wand. Er suchte in seiner Geldbörse nach Kleingeld und warf zwei

Euro in den Automaten. Es kam aber keine Fahrkarte heraus. Herr Jaromir klopfte fest auf das Metallgehäuse, aber das half nichts. Er drückte auf den Geldrückgabeknopf, aber das Geld kam nicht wieder heraus. Ratlos betrachtete Herr Jaromir den Automaten.

„Entschuldigung", sagte eine junge Frau, „darf ich mal eben?"

„Der Automat ist kaputt", sagte Herr Jaromir, aber zu spät, die Frau hatte schon eine Münze eingeworfen. Schade um das Geld, dachte Herr Jaromir. Der Automat jedoch surrte leise und heraus kam eine Fahrkarte.

„Klappt doch wunderbar", sagte die Frau und ging weiter.

„Merkwürdig", sagte Herr Jaromir. „Bei mir klappt es nicht."

Er warf noch einmal zwei Euro ein, aber er hatte kein Glück: Wieder behielt der Automat das Geld und eine Fahrkarte gab er nicht heraus.

Ein Mann, der es eilig hatte, drängelte sich an Herrn Jaromir vorbei und schob einen Geldschein in einen Schlitz. Herr Jaromir hinderte ihn nicht daran, und das war richtig so, denn aus dem Automaten kam eine Fahrkarte heraus und sogar das Restgeld, ganz wie es sein sollte.

Auch Herr Jaromir probierte es mit einem Geldschein. Er musste sich auf die Zehenspitzen stellen, damit er an den Schlitz heranlangte.

Nun tat sich etwas. Der Kasten surrte und spuckte einen Fahrschein aus. Zufrieden nahm ihn Herr Jaromir aus dem Ausgabeschacht. Der Kasten surrte noch einmal, er brummte, er ratterte, er spuckte einen zweiten Fahrschein aus und dann noch einen und noch einen – und das ging so weiter, bis Herr Jaromir acht Fahrscheine in der Hand hielt.

„Das ist ja erstaunlich“, sagte Herr Jaromir. „Die Frage ist nur, was mache ich mit acht Fahrscheinen?“

Er fragte den Nächsten, der sich dem Automaten näherte: „Möchten Sie U-Bahn fahren?“

Der Mann trug eine dicke Brille, hinter der seine Augen ganz klein aussahen. Er schaute Herrn Jaromir unfreundlich an.

„Was glauben Sie, warum ich hier am Automaten stehe? Denken Sie, ich kaufe mir die Fahrkarte nur zum Spaß?“

„Es war doch nur eine Frage“, sagte Herr Jaromir. „Ich möchte Sie nämlich einladen. Bitte sehr, eine Fahrkarte.“

„Vielen Dank!“, sagte der Mann erstaunt.

Dann kamen drei alte Damen und suchten in ihren Handtaschen nach Kleingeld. Gleich drei, freute sich Herr Jaromir und rief: „Ich möchte Sie zu einer U-Bahn-Fahrt einladen!“

„Das ist aber freundlich“, sagte eine der Damen verwundert. „Zu einer U-Bahn-Fahrt bin ich noch nie eingeladen worden.“

Eine U-Bahn fuhr ein und hielt an.

Der Mann, dem Herr Jaromir die Karte geschenkt hatte, ging auf die Bahn zu, aber dann blieb er stehen und sah sich um.

„Was ist?“, sagte er. „Warum steigen Sie nicht ein?“

„Wenn wir schon eingeladen sind, dann fahren wir auch zusammen mit dem netten Herrn dort“, sagten die drei Damen und sahen Herrn Jaromir an.

„Wir sind noch nicht vollzählig“, sagte Herr Jaromir. „Drei fehlen noch.“
„Dann warte ich natürlich auch“, sagte der Mann.
Und Herr Jaromir rief weiter: „Ich lade ein zur U-Bahn-Fahrt!“
Es kamen noch ein Junge und ein Mädchen, offensichtlich Geschwister, denn sie sahen einander sehr ähnlich, und eine junge Frau, die ein Kleinkind auf dem Arm trug. Dann hatte Herr Jaromir sieben Karten verschenkt. Eine behielt er für sich selbst.
In die nächste U-Bahn stiegen sie alle ein. Es gab viele freie Plätze und alle konnten sich hinsetzen.
Die Frau mit dem Kind nahm eine Flasche Saft aus einer Plastiktüte.
„Wenn wir eingeladen sind, dann wollen wir auch etwas trinken“, sagte sie. „Nur habe ich leider keine Gläser.“
Sie trank einen großen Schluck aus der Flasche und gab sie weiter.
„Ich habe zufällig etwas Weihnachtsgebäck dabei“, sagte eine der alten Damen und begann

zu verteilen, was sie hatte. „Nehmen Sie ruhig“, sagte sie. „Zu Hause müsste ich alles alleine essen. Das macht lang nicht so viel Spaß.“
Auf einmal fragte der Mann mit der dicken Brille: „Wohin fahren wir überhaupt? Hier muss ich eigentlich raus.“
„Hinaus in die Natur“, rief eine der alten Damen. „Hinaus in die Wiesen und Wälder! Vielleicht liegt sogar noch ein wenig Schnee da draußen.“
„Die U-Bahn fährt nicht bis in den Wald“, sagte der Junge und seine Schwester schlug vor: „Aber wir könnten bis zur Endstation fahren und dann wieder zurück.“
„Das ist eine gute Idee!“, riefen alle wie aus einem Mund.
Nach acht Stationen hielt die U-Bahn an der Haltestelle ‚Gewerbegebiet Hohenheim‘. Das war die Endstation.
„Steigen wir hier aus?“, fragte der kleine Herr Jaromir.
„Das lohnt sich nicht“, sagte der Mann mit der dicken Brille. „Das Gewerbegebiet Hohenheim ist die hässlichste Ecke der Stadt. Hier

gibt es nur ein paar Schrottplätze und sonst nichts."
„Dann bleiben wir doch einfach sitzen", sagte Herr Jaromir.
„Aber hier ist die Endstation", sagte ängstlich die erste alte Dame. „Kann man da überhaupt sitzen bleiben? Was passiert denn dann?"
Die Antwort darauf wusste niemand.
„Ich glaube, die U-Bahn dreht hier bloß um", sagte das Mädchen.
„Fährt sie da ein Stück auf dem Kopf?", fragte die zweite alte Dame.
„Unsinn", sagte der Mann mit der dicken Brille. „Eine U-Bahn, die auf dem Kopf fährt! Hat man so was je gehört?"
Ganz beruhigten sich die drei alten Damen nicht. Als die Türen schlossen und die U-Bahn weiterfuhr, waren sie sehr blass um die Nase. Aber niemand lachte sie aus, denn richtig wohl war keinem bei der Sache. Alle schwiegen und sahen aus dem Fenster. Draußen war es stockdunkel. Die U-Bahn bewegte sich sehr langsam voran. Sie fuhr ein Stück geradeaus, machte einen Bogen, fuhr noch mal ein Stück

geradeaus und dann war sie wieder in der Station ‚Gewerbegebiet Hohenheim'. Das war's schon. Alle atmeten erleichtert auf.
Der Mann mit der dicken Brille rief: „Genauso habe ich mir das gedacht!"
Und die alten Damen waren nach der überstandenen Mutprobe so ausgelassen, dass sie zu singen begannen.
Sie sangen: „Oh du fröhliche, oh du selige, oh du gnadenbringende Weihnachtszeit!"
„Sehr schön gesungen", sagte der Mann mit der dicken Brille und sah Herrn Jaromir an. „Jetzt sind Sie an der Reihe."
„Ich kann nicht singen", sagte Herr Jaromir. Aber als die U-Bahn weiterfuhr, lehnte er seinen Weihnachtsbaum mitten im U-Bahn-Wagen an eine Bank, er blickte hinaus in das Dunkel und sang: „Leise rieselt der Schnee!"
Alle sahen aus dem Fenster, aber da war bloß eine fahl beleuchtete weiße Wand aus Beton. Das Kind, das auf dem Schoß seiner Mutter saß, entdeckte sein Spiegelbild in der Fensterscheibe und lachte es an.
Kurze Zeit später hielt die U-Bahn mitten in

der Stadt, wo die großen Kaufhäuser waren. Nun wurde es voll. Die Leute, die eben noch die letzten Geschenke, ein paar Zutaten für das Weihnachtsessen und sonstige Kleinigkeiten gekauft hatten, wollten nun so schnell wie möglich nach Hause und sie quetschten sich

in den Wagen. Die drei alten Damen sangen gerade „Süßer die Glocken nie klingen“. Ein Mann drückte ihnen ein Geldstück in die Hand. Ein anderer schimpfte über Herrn Jaromirs Weihnachtsbaum, weil der im Weg stand und die Zweige piekten.

„Jetzt muss ich aber wirklich aussteigen“, meinte der Mann mit der dicken Brille an der nächsten Haltestelle.

„Wir auch“, sagten der Junge und das Mädchen.

Als hätten sie nur darauf gewartet, gingen auch die drei alten Damen und die Frau mit dem Säugling zur Tür.

„Auch ich steige aus“, verkündete Herr Jaromir. „Den Rest gehe ich zu Fuß.“

Er schaffte es gerade noch, durch die Tür zu gelangen, bevor sie zu ging.

Alle sahen der davonfahrenden U-Bahn nach.

„Das war die schönste U-Bahn-Fahrt meines Lebens“, sagte eine der alten Damen.

„Das finde ich auch“, sagte Herr Jaromir.

Dann schlug er sich mit der Hand vor den Kopf.

„Und da fährt mein Weihnachtsbaum. Ich habe ihn im Wagen vergessen."
Die Rücklichter der U-Bahn verschwanden in einem dunklen Tunnel.
„Aber es ist nicht so schlimm", tröstete sich Herr Jaromir. „Wir haben ja schon ein wenig Weihnachten gefeiert."
Dann fuhren alle hintereinander die Rolltreppe hinauf zum Ausgang. Oben zerstreuten sie sich in verschiedene Richtungen. Herr Jaromir summte ein Lied. Er ging ohne Schirm durch den Regen, aber die dicken Tropfen machten ihm nichts aus. Manchmal blieb er kurz stehen und schloss die Augen, da fühlten sie sich an wie Schnee.

Kunterbunte Gasballons

Die Plakate überall in der Stadt waren nicht zu übersehen. Ein Riesenrad war darauf abgebildet und darunter stand: „Frühjahrsmesse. Großer Jahrmarkt auf dem Festplatz!“ Der kleine Herr Jaromir war noch nie mit dem Riesenrad gefahren und er dachte: Nun ist es aber höchste Zeit! Diesmal lasse ich mir das nicht entgehen!

Er ging auf den Festplatz und dort direkt zum Riesenrad. Auf einem Schild an der Kasse stand, was es kostete, und es kostete viel.

„Fünf Euro!“, rief Herr Jaromir entsetzt. Er war nicht richtig arm, es gab jedenfalls ärmere Leute, aber fünf Euro für einmal Riesenrad fahren, das fand er nun wirklich nicht billig. Er zögerte, aber schließlich sagte er: „Und trotzdem! Heute werde ich Riesenrad fahren. Wie schön es sein muss, dort oben in der Luft zu gondeln. Bestimmt hat man eine wunderbare Aussicht. Man sieht über den Festplatz und vielleicht sogar über die ganze Stadt.“

Aber erst wollte Herr Jaromir sich all die anderen Dinge anschauen, die es auf dem Jahrmarkt gab. Ganz zum Schluss, wenn er alles gesehen hatte, wollte er in das Riesenrad steigen. Und so schlenderte er umher und betrachtete die Wurfbuden, die Schießstände, die Karussells und die Geisterbahn. Dann ging er zu den Verkaufsständen und an den Händlern mit den Bauchläden vorbei. Da hieß es aufpassen, denn schnell kaufte man etwas, das man nicht brauchte.
Ein Mann verkaufte eine Tüte Würste für fünfzehn Euro, die Tüte war schon halb voll und der Mann legte immer noch Würste dazu.
„Und die noch! Und die obendrauf!“, rief er. „Und dazu die feine Salami. Und noch der prächtige Schinken hier!“
Herr Jaromir hatte schon die Hand in der Tasche und suchte nach seinem Geldbeutel.
„Aber nein!“, rief er plötzlich aus. „Was soll ich mit all den Würsten? Da esse ich ein Jahr dran. Die werden mir ja schlecht!“
Ein paar Leute, die es gehört hatten, lachten und Herr Jaromir ging weiter. Ohne Würste.

Dann kam ein Händler auf ihn zu, der hatte in der Hand wunderschöne Gasballons. Sie waren nicht aus dem dünnen Gummi, aus dem Ballons gewöhnlich sind, sondern glänzten, als wären sie aus Metall. Aber sie waren leicht, und weil sie mit Gas gefüllt waren, schwebten sie in der Luft.

„Kunterbunte Ballons!", rief der Mann und drückte Herrn Jaromir eine Kordel in die Hand. „Schauen Sie mal, wie groß der ist. Und wie der schwebt."

„Ja, sehr schön", sagte Herr Jaromir, „aber Ballons brauche ich nicht. Was sollen die überhaupt kosten?"

„Fast geschenkt", sagte der Händler. „Fünf Euro das Stück. Und jetzt passen Sie mal auf."

Er gab Herrn Jaromir noch zwei Kordeln und sagte: „Da haben Sie drei. Und wissen Sie, was das kostet? Zehn Euro! Also zwei Ballons müssen Sie bezahlen und einen kriegen Sie geschenkt."

Ehe Herr Jaromir sich die Sache richtig überlegen konnte, hatte er schon die Geldbörse in der Hand und dem Mann einen Schein gegeben. Und nun war Herr Jaromir stolzer Besitzer von drei großen, bunten Gasballons.

Kurz darauf kam ein anderer Ballonverkäufer mit ähnlichen Gasballons wie der erste, aber Herr Jaromir fand sie noch schöner, denn die Ballons waren nicht bloß große Kugeln, sondern bunte Herzen.

„Ein paar Ballonherzen gefällig?“, fragte der Mann. Er lachte und drückte Herrn Jaromir drei Kordeln in die Hand. „Drei Stück zehn Euro!“

„Nein danke“, sagte Herr Jaromir, aber der Ballonverkäufer ging einfach weiter. „Und was ist mit Bezahlen?“, rief Herr Jaromir ihm nach.

„Ach so, natürlich“, sagte der Mann.

„Sie sind ein feiner Kerl. Eine ehrliche Haut! Das erlebt man nicht oft.“
Herr Jaromir gab dem Mann seine zehn Euro, und dann besaß er sechs Ballons.
Das reicht aber nun, dachte Herr Jaromir. In der Nähe eines Blumenstandes sah er schon den nächsten Ballonverkäufer und er versuchte ihm aus dem Weg zu gehen. Aber das war unmöglich, denn der kam mit schnellen Schritten auf ihn zu.
„Guten Tag, Kollege“, sagte der Ballonverkäufer zu Herrn Jaromir. „Wie laufen die Geschäfte? Haben Sie schon viele Ballons verkauft?“
„Ich verkaufe nicht“, erklärte Herr Jaromir. „Ich kaufe Ballons!“
„Sie kaufen?“, sagte der Verkäufer. „Umso besser! Meine Ballons sind die schönsten und bei mir kriegen Sie vier Stück für zehn Euro!“
Der Mann übertrieb nicht. Seine Ballons waren wirklich die schönsten und größten, die Herr Jaromir jemals gesehen hatte. Sie hatten ganz verschiedene Formen. Es gab Fische, Krokodile, Katzen und Vögel und alles glitzerte in bunten Farben.

Vier Stück für zehn Euro – diese prächtigen Ballons waren also auch noch billiger als alle anderen! Wie war das nur möglich? Herr Jaromir ärgerte sich ein wenig, dass er auf die anderen Händler hereingefallen war und ihnen ihre teuren Ballons abgekauft hatte. Er gab dem Mann zehn Euro und kaufte vier Ballons. Plötzlich geschah etwas Merkwürdiges. Herr Jaromir hatte nun so viele Gasballons in der Hand, dass sie ihn leicht in die Luft hoben. Er lief nicht mehr, sondern er schwebte. Den großen Leuten, die ihm entgegenkamen, fiel es gar nicht auf, denn Herr Jaromir schwebte nur gerade so hoch, dass sein Kopf ungefähr auf gleicher Höhe mit ihnen war.

Aber die Kinder bemerkten es und riefen: „Der Mann da läuft nicht! Er rudert mit den Beinen in der Luft!"

Die Erwachsenen achteten nicht auf sie.

Herr Jaromir schwebte an den Marktständen vorbei und strampelte mit den Beinen, um die Richtung zu ändern. Es gelang ihm und so näherte er sich dem Riesenrad. In seinem Geldbeutel befand sich noch ein Fünf-Euro-

Schein. Das reichte genau. Herr Jaromir hatte zwar schon mehr Geld ausgegeben, als er wollte, aber auf die fünf Euro kam es nun auch nicht mehr an.

In der Nähe des Kassenhäuschens stand ein Mädchen, das einen roten, runden Gasballon in der Hand hielt. Herr Jaromir schwebte genau darauf zu.

„Möchten Sie meinen Ballon kaufen?", fragte das Mädchen. „Es ist mein letzter."

„Ich habe schon so viele Ballons", sagte Herr Jaromir. „Ich brauche wirklich keinen mehr."

„Bitte noch einen“, sagte das Mädchen. „Ich habe vier Geschwister und wir haben kein Geld. Nur noch den einen. Bitte kaufen Sie ihn!“
Das Mädchen sah ihn mit so traurigen Augen an, dass es Herrn Jaromir zu Herzen ging. Er konnte gar nicht anders. Vorsichtig, damit er keinen seiner Ballons verlor, zog er den Geldbeutel aus der Tasche, nahm den Schein heraus und gab ihn dem Mädchen. Es war zu viel und das Mädchen wollte Wechselgeld herausgeben, aber Herr Jaromir sagte: „Stimmt so.“
Er nahm dem Mädchen den Ballon aus der Hand – und dann flog er. Er flog über den Festplatz. Bald schwebte er so hoch in der Luft wie die obersten Gondeln des Riesenrads. Er strahlte über das ganze Gesicht, denn es war wunderschön. Und er flog immer noch höher.
Die Leute auf dem Festplatz sahen verwundert nach dem Bündel bunter Ballons, an dem Herr Jaromir baumelte und vor Freude sang. Das

Bündel entfernte sich, es wurde kleiner, ein bunter Klecks am Himmel, der verschwand hinter einer Schäfchenwolke. Seitdem wurde Herr Jaromir nicht mehr gesehen.

Inhalt